マリアを運べ

carry Maria

睦月準也

早川書房

マリアを運べ

装幀：坂野公一（welle design）

1

深夜の海底トンネルを抜けて車体の下に暗い東京湾が広がったとき、着信が入った。

「海の下か？」

ダッシュボードに取り付けたスマートフォンから聞き慣れた声が響いた。事務所の電灯に照らされた青白い社長の顔が浮かぶ。

「上」

と、風子《ふうこ》は言った。

「三時間で戻れるな」

「なんで」

「急ぎの仕事だ」

いい予感がしなかった。

「いい予感しないね」そう言った。

「したことあるのか？」社長が嘲るように言った。「どうすんだ？　やるのかやらねえのか、とっと決めやがれ」

別に迷ったこともなかった。

「ゼロヨンイチゴー」返した。「そっち、着くの」

返事もなく、そこで電話は切れた。

静まり返った高滝湖《たかたき》パーキングエリアの奥端に車を停め、エンジンを切った。

午前二時とあってあたりは墨を塗ったように暗い。陽が落ちる頃から降り始めた十一月の雨が、それにうっすらと陰鬱さと重みを与えていた。

〝タカタキ〟は、東南アジアの裏社会ではちょっと知られた言葉らしい。映画だと埠頭なんかで取引が行われているけど、現実は違う。トイレしかないような、小さくて寂れた深夜のパーキングエリアがよく使われる。ここもその一つだ。

駐車スペースにあるのは風子の車だけだった。周囲は深い闇に覆われ、フロントガラスに落ちる雨音だけが耳に届いた。

ややあって、ルームミラーに小さな光が映った。

ヘッドライトを灯した黒いワンボックスカーが入ってきて白い光が暗闇を裂き、落下する雨粒と屋外トイレの外壁を照らした。漆黒の車体が、風子の乗るスバル・フォレスターの右隣に静かに停まった。

束の間の静寂が訪れたあと、相手の助手席の窓ガラスがゆっくりと下にスライドした。

どこの国かはわからなかったが、浅黒い顔をしたアジア人の男が顔を向けていた。前にも見た顔だった。むこうもこっちを見て、風子を覚えている様子でほんのわずか唇を歪めた。

ドアが開いてその男が降りると同時に、運転席と後部座席からも黒い服装で身を固めた男たちが次々と降りてきた。

風子がロックを解除すると、四人の男たちがフォレスターのバックドアを開け、いくつかある黒いナイロン製のボストンバッグの中身を確認し始めた。

一人が知らない言語でなにやら言って、他の誰かがそれに返した。日本語と違って早口で抑揚がある。男たちの口調には緊張感が感じられた。否が応でもこっちまでそれが漂う。

しばらくして確認を終え、男たちがワンボックスカーに荷物を移していった。中身に不備は無かったようだった。バッグに何が入っているのかを、風子は知らない。知らされないことは多いし、特に知りたいとも思わなかった。

いつもと同じように、作業には五分とかからなかった。風子が運転席に座ったままルームミラーで手際のいい動きを眺めていると、やがてバックドアが閉められ、雨に濡れた男たちが自分たちの車に戻っていった。

助手席に座っていた男は風子の隣で一旦立ち止まり、一度だけ皮肉っぽく笑みを浮かべた。窓ガラス越しに不自然なほど白い歯が目立つ。いったいどんなふうに歯を磨いているんだろう、と思っている間にその男も車に乗り込んだ。間髪をいれずワンボックスが勢いよくバックし、向きを変えてパーキングエリアからものすごいスピードで出て行った。

男たちの車両が見えなくなると風子はエンジンをかけ、車を発進させた。圏央道を少し走って次の市原鶴舞インターチェンジですぐに降り、下道をUターンして再び東京湾アクアラインを渡った。

　東京に戻ったのは四時前だった。

　雨はやんでいた。燃料を補給して新宿に着くと、花園神社の裏手にある月極駐車場に車を停めた。そこから角を曲がってすぐの八階建て雑居ビルのエレベーターに乗り、五階で降りて何も看板がかかっていない部屋のインターホンを押した。

　ややあって、白いシャツに黒のスラックスを穿《は》いた針金のように細くて背の高い男が扉を開けた。最近店に入った、二十代前半くらいのボーイだった。目が合ってもむこうは何も言わなかった。こっちも言わない。一面赤い壁紙に小さなキャンドルライトが灯っただけの薄暗い部屋に入ると、いつもする甘ったるい香水の匂いが鼻腔を突いた。並んだ間仕切りの向こうで女たちのあえぎ声が響く中を進み、黒い塗装の扉を開けた。

　一転して役所のような殺風景な部屋が眼前に現れ、窓際の専用机に社長が座っていた。昼も夜もない生活のためか四十半ばにしては艶を失って渇いた肌は、蛍光灯のざらついた照明を浴びてさらに不健康に映った。そのうえ一日の大半は機嫌が悪いせいで濃い眉の間には慢性的な皺が刻まれていた。物心ついた頃から見てきた故《ゆえ》か、深さで加減が知れる。いまの機嫌はまずまずといったところだろう。

　机の前の地味な応接用ソファーには、濃い茶色のサングラスをかけた女が座っていた。齢はおそらく四十くらい。薄緑色のハイネックニットの上にダークグレーのジャケットを羽織り、ベージュのチノパンツを穿いていた。靴はオーソドックスな形のスニーカー。店の新人だろうか。整った顔立ちではあった。その齢でどこまで客を取れるのかは疑わしかったが。

事務所にいるのは二人だけだった。女の足元には革製のボストンバッグと、縦横高さがそれぞれ三十～五十センチ程度のショルダーベルトがついた保冷ケースのようなものが置かれてあった。

風子は勝手知ったる部屋の中を進むと、並んだスチール机の椅子のひとつに腰掛けた。それからいつもそうするように、スタジャンのポケットに手を入れた。その間、女は膝の上で両手を握り締めたままずっと風子に視線を向けていた。しばらく静寂が続き、スマホをいじっていた社長が顔を上げて言った。

「こいつが運びます」

女がサングラスを外し、風子の顔を穴が開くようにじっと見た。アーモンド型の形のいい目だった。風子もポケットに両手を突っ込んだまま相手を見た。

戸惑いを浮かべつつ、女が言った。

「高校生くらいにしか見えないのだけど」

社長がおかしそうに笑った。「高校なんて上等なものには行ってませんがね」

女が眉を顰《ひそ》めた。

「幾つなの？」

「十七」

風子が言うと、女が不可思議そうに眉を持ち上げた。

「十七？　私の認識違いでなければ、この国では成年にならないと免許を取得できないはずだけど？」

「無免」

「からかっているの？」女が怒気を含んだ声で言った。

なだめるように社長が言った。

「十六の頃から同業連中の三倍は走らせているんで、こう見えて経験値はありますよ。それに、免許のことを気にしているなら見当違いだ。だってこいつに運ばせているものは法律にばっちり触れるものばかりですからね、警察が関わった時点で免許がどうこうなんて次元じゃない」

「運んでいる途中に交通違反で止められたら？」

「一応、偽造免許証は持たせているし、そもそも切符切られるような素人じみたヘマはしませんよ。もっとタフな違反ならやりますがね」

静かな沈黙が訪れた。社長が続けた。

「俺はむしろこいつのことを利用できると思ってるんですがね。こんな小娘が闇の運び屋だなんて、誰も思わないでしょ？」

「どうして――」

社長が笑って女の言葉を遮った。

「どうしてこんな子が、でしょ？――うちで使ってた運び屋の娘なんですよ。取引の帰りに深夜のパーキングエリアのトイレで赤ん坊が泣いているのをその男が見つけてね、そりゃ放っておいたらそのまま冷たくなってたろうけど、警察に関わるのが面倒なのもあって結局引き取っちまった。まあ、ろくに学校も行ってないしお世辞にもまともに育てたとは言えないけど、少なくとも人生ってものは与えた」

　女は硬い表情をして黙っていた。社長が淡々と続けた。

「ところが、こいつが十五のときにその運び屋が事故で突然逝っちまってね——赤子の頃から知っちゃあいるが、施すほどこっちもお人好しじゃないんで店で働かせてやろうと思ったら、父親の仕事を自分もやると言いやがった。まあそういうわけで、お国の赦しが出るまではこっそり走らせてるってわけなんです。もっともこのとおり愛想もないし、そっちじゃ客もついてなかっただろうから良かったかもしれませんがね。それに、表社会もそうですが裏も慢性的に運び手が足りてなくてね、生まれが悪かろうが多少若かろうが使えるものはなんでも使ってやろうってわけなんですよ」

　社長が話を終えると、女が嘆息混じりに言った。

「〝特別〟な運び屋と言っていたのは、そういう意味だったのね」

　社長がわけありげにほんの少し笑みを浮かべ、それから含みを持たせた声で言った。

「それだけじゃないですがね」

「どういうこと?」女が眉間に皺を寄せた。

　社長が手を振った。

「いえ、なんでもありません——でも、あなただってこいつのことをどうこう言えないのでは?　いまや、同類でしょう?」

　女の顔がわずかに強張った。なんのことかわからず風子が怪訝な顔を向けると、社長が愉快そうに唇を歪めて言った。

「新種のバイオ医薬品でしたっけ？――この先生、勤め先からつい数時間前にその薬とデータを盗み出したんだと」

風子は思わず女を見た。それから足元のケースに目をやった。

社長が風子に携帯を投げて寄越した。『東亜理科大医生物学研究所』とあるウェブサイトのページが表示され、研究員の顔写真が並んでいた。「志麻百合子《しまゆりこ》」という名前の下に、目の前の女の顔があった。

社長が嘲《あざけ》るように続けた。

「やりたてほやほやの犯罪者――報道が出るのも時間の問題だと思いますよ。こう言っちゃなんだが、あんた見てくれがいいから注目浴びちまうでしょうね。世間なんてそんなもんだ。なんにせよ、のんびりしていられないんじゃないですか？」

女は唇を噛んでしばらく黙っていたあと、風子をまっすぐ見返して言った。

「成功させる自信はあるのかしら？」

「いつもと同じようにやるだけだけど」

「暢気《のんき》なことを言わないで。失敗は許されないのよ」

「したことないから、わからない」

女は睨むように風子を見据えていた。それから諦めた様子で息を吐いた。

「たしかに選り好みできる状況ではないわね――すぐに発てるのかしら？」

社長が風子に目をやった。風子が言った。

「目的地は」

「長野の諏訪だ」

「リミット」

「明日の午前五時。遅れるわけにいかない」

女が先に答えた。社長が鼻で笑うように言った。

「遅れるわけはありませんよ。期限までまる一日ある。諏訪なんてせいぜい三時間の距離だ」

社長が風子に顔を向けた。

「いい予感しないなんて偉そうにほざいてたが、受けて良かったろ？　時間はたっぷりあるし、危ない相手との取引でもない。こんな楽な案件、そうはねえ」

風子が黙っていると、社長が満足そうにぱん、と手を叩き、声のボリュームを上げた。

「契約成立だ——積み荷は盗んだ薬とデータ。目的地は諏訪。期限は明日の午前五時。報酬は半金前払い、残金は到着後。追加、加工等の荷物の改変は不可。特別な事情や都合による出費は別途——何か問題は？」

「私も同乗すると伝えてあったはずだけど」女が硬い声で返した。

「聞いてますよ。他は？」

女が首を振った。それから風子をまっすぐ見つめて、言った。

「必ず運んで」

切羽詰まった、そして澄んだ光を湛《たた》えた眼差しだった。依頼人のそんな表情を見るのは初めてだった。

数秒その目を見返してから、風子は鍵《キー》を手に立ち上がった。

2

午前四時二十二分、新宿を出発した。

初台インターから首都高速新宿線に乗って、高井戸から中央自動車道に入った。あとは諏訪に向かって西に進むだけだった。未明特有の濃い闇に包まれた無機質な高速道路を走って調布に差し掛かった頃、後部座席から声がした。

「到着予定は?」

「七時くらい」風子は答えた。

「渋滞は?」

「下りだから大丈夫」

「諏訪に行ったことは?」

「どうかな」

ミラーの向こうで志麻が眉を寄せた。

はぐらかしたか、からかっているとでも思ったのだろう。そうではなかったが、その言葉の意味を説明するのが面倒だったので、かわりに聞いた。

「具体的に、諏訪のどこなの」

「近づいたら言う」

志麻が答えた。どうやらこちらを完全には信じていないらしい。当然と言えば当然だったが。しばらく走った。前方やサイドミラーを何度か確認する。ルームミラーに目をやると、志麻が微かに顔を歪めていた。

「足？」

ミラー越しに後ろに言った。志麻がこちらを向いた。

「さっき、引きずってたけど。怪我？」

ややあって、硬い声で答えが返ってきた。

「新宿に向かう途中で、濡れた階段に足を滑らせて痛めたの――でも、余計なことは考えなくていい。自分の仕事だけして」

「黒か紺か濃いグレー。たぶん、セダン」

志麻が顔をしかめた。

「なに？」

「黒か紺かグレーの車体、たぶんセダン型。暗くてはっきりした色と車種はわからない」

「なにを言ってるの？」

「さっきからずっと、百メートルくらい後ろにぴったりついて来てるんだよね。必ず二台か三台、あいだに他の車挟みながら。心当たりある？」

志麻が身体を捻ってリアウインドウを覗いた。しばらくして姿勢を戻し、ルームミラー越しに風子を見た。

「警察？」

「違うと思う。警察車両じゃないし、一定の距離を置いたまま近づいてこない。警察なら捕《と》らえようとするはずだから」

「間違いないの？」

「こっちがスピード落とすとむこうも落ちるし、上げると上がる」

「偶然ってことは？」

「無い」

「どうしてわかる？」

「それが私の仕事」

しばし黙《もく》していてから、志麻が言った。

「試しに、道を変えられる？」

風子は溜め息をついた。本当にこっちを信じていない。標識を見上げた。八王子インターの手前だった。

そのままインターを過ぎ、料金所を通過した。この先に圏央道へ分岐する八王子ジャンクションがある。予定ではこのまま中央道を進むつもりだった。

名前のとおり、中央道は東京から愛知まで日本のど真ん中を走る高速道路。東京からまっすぐ西へ向かい、甲府から南アルプスを避けるように北上、ちょうど長野県のほぼ中心に位置する諏訪からまた南下して愛知へ向かう。つまり、中央道に乗っていれば諏訪までは一本。

一方の圏央道は、首都圏をぐるっと円形に回っている。八王子がちょうど円の西端あたり。

そこから北へ時計回りに行くと埼玉と茨城を経由して千葉まで至り、逆に南へ行けば神奈川南部に通じる。

「圏央道に乗り換えることはできる」

ミラー越しに志麻が頷くのが見えた。

「燃料費とか通行料金とか余分にかかってくるけど」一応、言った。

「必要ならどんな出費もいとわない。無事に運ぶことを優先して」

依頼主の言質《げんち》を取って圏央道に入り、神奈川方面へ向かった。カーブを抜け、直線になったところで黒い車体がサイドミラーに映った。

「ちゃんとついて来たけど」

志麻はしばらく黙っていた。それから言った。

「この道はどこへ向かうの」

「このまま行くと湘南。途中、海老名で東名への接続がある」

またしばらく沈黙が続いた。志麻が考えているのがわかった。本当は自分でも道順など色々調べたいのだろうが、警察に探知されるから志麻は自らの携帯電話の電源を切っていた。

厚木インターを過ぎた。次が海老名インター、そのすぐ先が東名高速へと分岐する海老名ジャンクション。

言おうとすると、志麻が先に口を開いた。

「とりあえず西へ向かいましょう、東名に乗って」

「いいけど、同じ状況が続くだけだと思う」

「どうすればいい？」

「撒《ま》くしかないんじゃない」

一拍の間があり、志麻が言った。

「やって」

風子は考えた。

速度を一気に上げて振り切ろうとしても無駄だろう。どこかサービスエリアに入って駐車している他の車に紛れるという方法もあったが、この時間帯ではそれが可能なほどの車量は期待できない。入ったところでちらほら停まっている程度が関の山。丸見えだ。

「一度降りる」風子は言った。

「高速を出るということ？」

「他に方法はないと思う」

志麻はわずかに逡巡したあと、言った。

「任せる」

風子はウインカーを出し、ハンドルを切った。

車体を左車線に移す。海老名インターを過ぎ、ジャンクションが視界に入った。サイドミラーに目をやる。黒いセダン。予想どおりむこうも同じ車線に移ってきた。

アクセルを踏んだ。ミラーに映る相手の車体の大きさは変わらない。同じように速度を上げてきている。間違いなく、こっちが気づいていることにむこうも気づいただろう。

ジャンクションを名古屋方面に進み、またすぐに分岐に差し掛かった。右が東名、左が小田原厚木道路。

左、小田原厚木道路に入った。

この道は、警察が速度違反を取り締まる〝ネズミ捕り〟ポイントとして聞いていた。たしかにカーブが無くて走りやすいし、見通しが良いからつい飛ばしたくなる。この時間に警察が張っていることは考えにくかったが、風子は制限速度を保って左車線を走り続けた。ミラーや周囲に常に目を配る。仕事で走るのは初めての道だった。

でも——。

そのまま走り続け、料金所を通過した。相手もしっかりついて来ている。風子は標識を確認した。次のインターは大磯というところらしい。

「次で降りる」

「知ってる場所なの」

「そうみたい」

志麻が困惑した声を出した。

「そうみたいってどういう——」

風子がハンドルを切ったのと志麻が黙ったのが同時だった。本線を外れ、インターを出る。サイドミラーに相手の姿はない。でも間違いなく速度を上げて追ってくるはずだった。予想どおり、出口の手前でミラーに小さく黒い車体が映った。

出口を通過した。T字路が現れた。

やっぱり、と風子は思った。

私は、ここを知っている。

「どっちなの？」

「右。行くとたぶん狭い二車線の道に出て、しばらく走るとたしか山道がある。そこへ行く」

「たぶんとか、たしかってあなたさっきから何を言ってるの？」

志麻の言葉を無視して右折した。それほど広くはない二車線の道路に出た。その道を西に向かって走った。

十五分ほど、後ろにしっかりとついて来る黒いセダンと一緒に走っていたとき、左前方に見えた脇道に風子の脳が反応した。

瞬間、ウィンカーを出さずに風子は左に折れた。曲がりくねった山道だった。一本一本の樹は細いが密集していて景色は窺えない。闇の濃度が一段と増した。そこをひたすら走った。

何度か分岐路があった。その度、風子はあたりをつけて進んだ。後部座席の依頼主はもう何も言ってこなかった。風子が集中しているのを感じているのだろう。直線がないのでミラーに相手の車も映ってこなくなった。

十分ほど右に曲がったり左に曲がったりを繰り返すと、やや開《ひら》けた丘のような場所に出た。フェンスに囲まれた変電設備のような大きな箱があるだけの、車五、六台ぶんくらいのスペースだった。

思ったとおり、向こうに下り道が見えた。風子は車を停め、エンジンを切った。降りてあたりを確認した。

志麻も足をかばいながら降りてきて、風子の隣に立った。同じようにあたりを窺う。

「追ってきてる？」

風子は首を振った。

「撒いたと思う。あれだけの分岐をこっちと同じ方向に曲がれるはずはないし」

「それでどうするの？」

「そっちから下《くだ》れるはず。降りるとたぶんさっきの道にまた出て、そのまま西に進んでどこかから高速に戻る」

「さっきから、はず、とかたぶん、とかずいぶんといい加減ね」

「私が走ったわけじゃないから」

それだけ言うと、風子は踵《きびす》を返して車に戻った。

運転席に座り、怪訝そうな顔をした志麻も後ろに座ったのを確認すると一度耳を澄ませ、近くに走行音が聞こえないことを確かめてからエンジンをかけた。それから道を下り始めた。

3

下道に戻ってから十分が経った。

時刻はもう六時を回っていた。日の出が近い。

神奈川の南岸を相模湾沿いに西に進んでいた。周囲には形も大きさも様々な住居が立ち並び、すぐ先で碧《あお》みを帯び始めた海が果てなく広がっていた。浜風の仕業だろう、整然と植わった松林が仲良く斜めに傾《かし》いでいた。

背後にあの車が現れる様子はない。撒いたのは間違いなかった。

しばらく沈黙が続いてから、志麻が口を開いた。

「さっきのはどういう意味？」

風子はルームミラーに目をやった。

「私が走ったわけじゃないって」

「タツヒコのこと」

「たつひこ？」

「育ての親。小さい頃、よく隣に乗ってた。そのとき走った場所の光景を、そこに来ると突然思い出すってだけ。あの先が百二十度くらいの右カーブになっていて、曲がると郵便ポストがあってその五メートル先にホテルの看板が立ってて、沿道にホンダの赤いSUVと三菱の白のミニバンが並んで停まってた、とか」

それがあまり普通ではないと知ったのは、この仕事をするようになってからだった。そのことを話すと、みな同じように驚いた顔をして、珍獣を眺めるかのようにこっちを見た。

「特別というのはこのことだったのね——行った場所をすべて記憶しているの？」

「そういうわけでもないと思うけど。たぶん印象的だったところ。さっきの山道は、八歳か九歳の頃、私がどうしてもトイレに行きたくなってインター降りたら、面白そうな道があるとかタツヒコが言って入ったんだっけな、たしか」

しばし間があって、志麻が言った。

「……たしかプロゴルフ選手だった気がするけど、同じような話を聞いたことがあるわ——打ったボールがどんな場所に落ちて、近くに何の樹があって、観客がどこに何人いたとか、光景や風景を何十年もの間すべて記憶してるって」

「へえ」

気のない返事をしてから、尋ねた。

「さっきの車。何か、わからない？」

ミラーの向こうで志麻が疲れたように首を振った。

ついて来ていたのは間違いなかった。気づいたのは調布あたりだったが、おそらく高速に乗る前、新宿から既に尾行していたのだろう。志麻に心当たりがないのだとすれば、何者なのか風子にも見当がつかなかった。

とりあえず考えることを諦め、風子は運転に意識を集中させた。早く高速に戻る必要があった。国道1号線を南西に進んでいたが、小田原を越えると山が邪魔して面倒になる。陽は既に顔を出し、周囲はだいぶ明るくなっていた。

ミラーに目をやると、志麻が先程よりも強く顔を歪めていた。

「コンビニに寄る?」そのままミラーに向かって言った。

「コンビニ?」

「足、痛むんでしょ? かなり腫れてるように見えたし。氷で冷やしたら?」

「いい。気にしないで」

「骨折してるかもよ」

「もしそうなら冷やしたところで無駄だし、いま病院に行くわけにはいかない」

志麻が固辞した。溜め息をついてすぐ、風子にひとつ案が浮かんだ。ここから遠くもないし、ちょうどいいと言えばいい。

相手に電話をかけた。今から行ってもいいか尋ねると、了承の返事があった。電話を切り、後ろに言った。

「保険は効かないから」

「え?」

風子は行き先を変えた。

湯河原にある〝診療所〟に到着したときには陽がはっきりと差していた。

薬品が並ぶスチール棚を志麻が訝しそうに見回していると、奥の部屋からシャツにチノパンという格好の佐古村《さこむら》が出てきて志麻に目を向けた。

「患者」と風子は志麻を示して言った。それから事件について話した。

「なかなか世間を騒がしそうだな」佐古村が白衣を羽織りながら言った。豊かな銀髪とくたびれた白衣の取り合わせはいつ見てもよく似合った。

「自分のときと比較してどうかは知らんが」

老齢の医師らしき男の言葉に志麻が不可解そうに顔をしかめると、佐古村が自身と同じくらい年季の入ったスチール机の引き出しから古い新聞記事を出して渡した。

三十年ほど前の記事だった。都内大学病院の勤務医が、報酬と引き換えに指定難病患者を安楽死させた罪で逮捕。今よりもずっと若い頃、おそらく三十代中頃くらいの佐古村が警察官に連行されている写真が載っていた。

「金を受け取り、死なせてほしいと毎日すがる患者の点滴に薬剤を混ぜた。懲役十年。医師免許剥奪」

佐古村が志麻を簡易ベッドに座らせ、喋りながら触診を始めた。

「およそ二十年前に出所して、それからは服役時代の縁で反社専門のかかりつけ医といったところだ。刑務作業中に痛めた腰の湯治を兼ねてここで細々と闇商売しとる」

佐古村が風子を見て言った。

「今でも覚えているよ。明け方近くに一人の運び屋が臍《へそ》の緒ぶら下げた赤ん坊を抱えてやってきた日のことは」

それから足首を捻ったり動かしたりしながら志麻に具合いを尋ね、診断を終えると言った。

「靭帯は損傷しているかもしれんが、骨まではいってないだろう」

志麻が安心したようにほっと息をつき、それから佐古村がテーピングを巻いたりして処置を終えた。

「ありがとう、助かりました」

「構わんよ、金さえもらえれば。言ったとおり、保険は効かんからね」

志麻が頷き、足元に置かれたボストンバッグを開けて中を探った。両手のひらに、線状の赤い擦り傷が見えた。

「その手はいいの？」

志麻が両手を重ねて傷を覆うようにしながら、首を振った。

「たいしたことないわ。地面に手をついたときにちょっと擦れただけ」

「包帯でも巻いておくか？」

「大丈夫。余計目立つから」

志麻が言い、鞄から現金を取り出した。それを受け取りながら佐古村が言った。

「そもそもどうやって運び屋のことを知ったんだね？　一般人が知るすべはまずないはずだが」

「紹介してもらった」

「誰に？」

志麻が風子に顔を向けて言った。

「シラスウナギを知ってる？」

唐突な言葉に顔をしかめつつ、「知ってるけど」と風子は答えた。

「反社の貴重な資金源だな」佐古村が付け加えた。「ウナギ、アワビ、アサリ、ナマコ——最近の暴力団は魚屋以上だ」

志麻が頷いた。

「らしいわね。密漁された水産物をあなたたちのような裏の運び屋が運んで、暴力団の息のかかった集荷業者が売り捌《さば》くみたいだから」

「だから？」

「ニホンウナギって、生物学的には多くの謎に包まれているの。ようやく最近、産卵場所が日本から遥か遠いマリアナ沖だと解明されたけれど、孵化してから稚魚になるまでいったい何を食べているのかといったことはまったくわかっていないのよ。だから、養殖も卵の段階からは難しくて、ウナギの稚魚であるシラスウナギは高値で取り引きされるわけ」

「それで？」話が見えず、風子は先を促した。

「私の研究所でもウナギの生態を調べるために稚魚を仕入れていたんだけど、その業者が暴力団関係者だったのよ。判明してからは姿を見せなくなったけど、連絡先を知っていたから連絡したの」

「その業者に頼んだのか」

佐古村が言い、志麻が頷いた。

「単刀直入にね。警察には言わないから運び屋を紹介してほしいって。こっちの素性はわかっているからむこうも応じたんだと思う」

「自分で運ぶことは考えなかったのかね？」

「運転免許を持っていないのよ。普段、車に乗らないから。公共交通機関は警察に動向を知られる恐れがあったし」

佐古村がひとつ頷き、しみの浮いた手でバッグの隣にある保冷ケースを指差した。

「して、その中身は？」

志麻が黙って佐古村を見た。

「元医師としてのただの好奇心だが。犯罪者にまでなって持ち出した薬とやらがいったい何なのか、単純に興味があってね」

しばし間があって、志麻が息をついてから言った。

「がん治療に用いる抗体医薬よ――既存のものよりも細胞の増殖を抑える効果が期待できる」

「なぜ持ち出した？」

「ちょっとまとまったお金が必要でね」

「裏取引でもするのか」

「そんなところ。これ以上は言えない」

佐古村が黙って肩をすくめた。

「どうしてこんなに急だったわけ？」風子が尋ねた。

「本当は来週決行する予定だったのよ。運び屋も別に手配されていた。でも事情が変わって、急遽実行せざるをえなくなった」

「事情って？」

「取引相手の都合よ。取引を、明後日――つまり明日だけど――の早朝にしたいと昨夜、急に打診があったの。研究所から持ち出すタイミングは夜中しかないから、取引に間に合わせるためには昨夜実行に移すしかなかった」

「どうしてその運び屋じゃなくなったの」

「業者から頼んでもらったけど、急な変更には応じられないと断られた。代わりが見つかった、と連絡が来たのはもう二十二時を回った頃だった――それがつまり、あなたたちのところだったわけだけど」

志麻が嘆息混じりに言った。

「そのために、まさか同じように免許のない人間に任せることになるとは夢にも思わなかったわ」


帰り際に痛み止めをもらい、風子たちは車に乗り込んだ。

時刻は八時を過ぎていた。本来であればとうに諏訪に到着している時間だった。同時に、リミットまでまだたっぷりと余裕があるのも確かだった。

「ここからどう行くつもり？」志麻が言った。

「ナビだともと来た道を戻るよう指示してるけど、さっきの車と鉢合わせたくないし、時間もほとんど変わらないと思うからこのまま西に向かって沼津で東名に乗る。そこから名古屋方面に進んで清水から中部横断自動車道を北上、中央道に乗り継いで諏訪。四時間ってところ」

志麻がルームミラー越しに頷くのを確認すると、風子は車を出した。

下道を進んだ。海面が穏やかな陽光を受けて弾けるように光っていた。交通量は少なく、走行はスムーズだった。

しばらく走ると、ダッシュボードに取り付けた携帯電話に着信が入った。佐古村だった。スピーカーにして、受けた。

「どうしたの」

「一応耳に入れておこうと思ってな」

「うん」

佐古村が一度、咳払いをした。

「実はおまえさんたちが現れる前にとあるところから連絡があった。あんたたちが来たら教えてくれ、と言われた——話せるのはここまでだ。だが、あらかたの察しはつくだろう？」

後ろで志麻が息を呑む気配があった。

「それで？」

「来た、とさっき連絡した」

「うん」

「まずい立場になったか？」

「たぶん」

「まあそういうことなんだろうな。だがこっちにも立場がある」

「わかってる」

「多少迷ったが伝えておくことにした。以上だ。何かあるか？」

「ない」

風子は電話を切った。

「どういうこと？」すぐに志麻が聞いてきた。

「たぶん、当初運ぶはずだった運び屋だと思う。私たちを追ってるみたい」

「なんのために？」

「わからない。でもさっきの車の説明はつく。たぶん新宿でこっちが出発するのを張っていて、そこから尾けたんだと思う。代わりが決まったことは業者から聞き出したんじゃないかな」

「見当がついてるの？」

「こんなことするのは暴力団傘下の運び屋組織だと思うけど、それ以上はわからない」

「あなたたちのところは違うわけ？」

「社長は仕事で暴力団とも付き合いはあるけど、属してはいない。基本的にヤクザは嫌いっていつも言ってるから」

「でも、どうしてあそこに寄ることがわかったの」

「その運び屋も諏訪が目的地であることは知ってるんだよね？」

「ええ。直接やり取りはしてないけど、業者から伝わっている」

頷いて、風子は言った。

「新宿で張っているときに、あんたが痛めた足を引きずっているところを見たのかもしれない。それで私たちが正規のルートを変えて南西に向かったのを、湯河原の〝診療所〟に行くためだと考えたのかも」

他にも気になることがあったが、それは言わなかった。志麻が溜め息をついた。

「なんにせよ一度は撒いたけど、また居所が知られてしまったということね」

「そう」

「どうするの？」

「見つかる前に進むしかない。止まっていても事態は悪くなるだけだから」

湯河原と箱根を結ぶ、山林に囲まれた緩やかな山間道路を進み、有料道路に入った。その手前の分岐路わきのスペースに、車が二台停まっていた。黒のランドクルーザーだった。先頭の車両は江東ナンバーで、窓ガラスの向こうに若い男の顔が二つ見えた。後ろの車両は隠れて見えなかった。

車列を横目にそのまま通過した。前方に車の姿は無かった。何度かミラーを確認する。後続車両もいなかった。この時間でしかも平日とあって、交通量は皆無に等しい。

何度もミラーを確認した。峠道なので、カーブが多い。後ろに車が来てもミラーには映らない。逆に映ったときは、相当近いということだ。

五分ほど走った。道に覆い被さるようにして鮮やかに枝葉を茂らせた樹木の連なりが車体のわきを流れていく。でも風情を味わう心境じゃない。速度計を見、そのまま目線をずらしてサイドミラーに目をやった。ちら、と黒い色が見えた気がした。

カーブを通過し、もう一度確認した。今度ははっきりと見えた。黒のランドクルーザー。運転席に座っているのは、死んだ魚のような目をした男だった。助手席のほうは同じように動物に例えるなら、蛇みたいな切れ込んだ目をしていた。

「残念だけど」風子が言った。

「さっき停まっていた車？」

風子は頷いた。「やっぱり追っ手だった」

車の到来が把握できる場所で待ち伏せ、往来の少ない場所で捕らえる算段。セオリーどおり。

風子が逆の立場でもそうするだろう。

志麻が首を捻って後ろを向き、すぐに直った。表情が険しくなっていた。

「この道はどこに行くの」

「上がりきったところが湯河原峠。そこから一般道で沼津に向かう予定だけど」

「追いつかれないようにできない？」

「無理」

「どうして？」

「追いつかれた」

風子が言ったのと、志麻が振り向いたのがほぼ同時だった。

リアウインドウが黒い車体で覆われ、衝突とともに衝撃が走った。身体が前に持っていかれる。志麻が小さく声を上げた。

どうする、と思った直後、また車体が激しく揺れた。こっちが止まるまで小突き続けるつもりだろう。相手のぶつかり方からそれがわかった。

「なんなの」志麻が後ろから声を張り上げた。

「止めたいみたい」

「どうして」

「だから、わからない」

直線になった途端、予想したとおり、後ろを縦走する二台の片方が対向車線に入り込んでこっちと並ぼうとしてきた。風子は窓を開け、透明のビニール袋を放った。中身が道路に散乱した。

すぐに相手が減速し、対向車線から車体を戻して再び風子の後ろについた。それから怒りをぶつけるかのように激しくクラクションを鳴らしてきた。

「いまの、なに？」志麻が言った。

「釘。座席の下にいつもストックしてある」

多少時間を稼いだもののやはり気休めに過ぎなかった。すぐにまた追いつかれ、相手がさっきよりも強く衝突してきた。後ろで志麻がくぐもった声を出す。悲鳴までは上げないのが集中力を必要としている風子には救いだった。

三台が一列に並んだ状態で左カーブを曲がると、有料道路の出口ゲートが見えた。有人の料金所だった。現金を払い、通過した。後部座席はスモークガラスになっているので、志麻の姿は係員には見えない。後ろ二台も風子同様、一般人よろしく静かに料金所を通過した。

出てすぐがT字路になっていた。

左が南に向かう伊豆方面、右が北に向かう箱根方面。

右に行った。先がまた分岐路になっていた。

一方が箱根、もう一方は小田原に至る有料の山岳道路の入り口だった。

先人たちが強引に山並みを切り開いて道を作っていったことがわかる。蒼い山肌と樹々の濃緑が広大な空を背に風子たちを取り囲んでいた。どの道を行っても山岳は越えることができるのだろう。でも行き先はまったく別だ。

風子は迷った。

箱根方面に進んで、箱根峠で国道1号線に入って西に向かえば、三島を経由してその先が沼津。これが予定していたルートだった。

もう一方の小田原方面は、東へと戻ってしまう逆方向。

「あっちは逆でしょ?」

わかっているようで、後ろから志麻が言った。

「そうなんだけど」

ジリ貧だった。このまま閑散とした一般道に入ってもどこかで追いつかれて止められるだけ。結果は目に見えている。

相手は先程よりやや距離を置いてついて来ていた。いつまでも徐行しながらぐずぐずしているわけにはいかない。決断しなければならない。

数秒後、風子はハンドルを切った。逆の小田原方面。

「どうして?」すぐに志麻が非難を込めた声を出した。

「あとで」

説明する、は省いた。今度も有人の料金所だった。係員に硬貨を渡すと、風子は一気に速度を上げた。

サイドミラーに目をやる。黒い車列が料金所に入ってくるのが見えた。

むこうが現金の引き渡しをしている間に、できるだけ距離を取りたい。

風子は、思いを車に伝えるように右足に力を込めた。スピードメーターが回る。景色が後ろに飛んでいく。

左、右、と連続して大きいカーブを曲がった。見晴らしが良くなり、後方に相手の車両が現れた。そのまま山頂に至った。ミラーにはしっかりと黒い姿が映っている。ここから山を下りるまでは出口のない一本。逃げ場はない。

風子はひとつ息をついて、アクセルを踏み込んだ。

眼前に広がるパノラマの眺望のなか、頂をまっすぐ縫う道を走り抜けて再び山中へと入っていく。すぐに周囲は山林に覆われ、光が遮られて景色も閉ざされた。

カーブ。速度を落とさずにハンドルを右に切った。車体がスライドする。車輪が道から外れて道路脇の待避スペースに車が乗り上げ、激しい音を立てて砂利を弾きながら戻った。

「ちょっと！」後ろで志麻が声を出した。「いくら撒くためでも、事故になったら――」

「わざと」

「え？」

「はみ出してもいいから、できるだけ速度を落とさずにぎりぎりで曲がってる」

「そんなこと言ったって、運良くスペースがあったけど――」

「運じゃない」

「え？――」志麻が一瞬黙り、言った。

「もしかして、この道も来たことがあるの？」

「賭けだったけど」風子は運転に意識を向けながら喋った。

「厚木から小田原への道路を知ってたから、もしかしたらこの道もタツヒコと走ったことあるかもしれないって思ったの。そのときは伊豆のほうに行って、帰りにこの道を通ったんじゃなかったかな」

志麻はそれ以上何も言わなかった。風子は再び神経を集中させた。

先の道を思い浮かべる。まず右、すぐに同じくらい左、それから大きく右、また左――。

記憶にあるとおりのカーブを次々と抜けていった。ぎりぎりの速度でカーブを曲がる度、道幅いっぱいに車体が大きく膨らむ。対向車線を赤いスポーツカーが通った。サイドミラーすれすれを行き交う。

とにかくカーブが多い。飛ばしたいのに、スピードが出せない。でも、だからこそ道を知ってることが活きてくる。

風子は行く手を頭に描き、無駄のないペダリングとハンドリングを徹底した。

奏功したか、いつしかミラーに映る相手の車両は一台になった。二台とも撒きたいが、そううまくはいかない。所詮、運び屋であって走り屋などではないから、ドリフトのような特別な運転技術を持っているわけではない。生まれる差は僅か。

やがて勾配がきつくなり始め、道路脇に『エンジンブレーキ使用』の看板が現れた。

急な下り道に入った。風子の記憶のとおり、これから激しい下り坂がずっと続くのがわかった。風子は左手をギアシフトレバーに置いた。

ギアをマニュアルモードにして低速に変えた。エンジンの回転数が上がり、一気にスピードが落ちる。ペダルから足を離した状態でカーブを曲がった。

相手はギアチェンジをしていないのだろう。頭に血が昇っているのがわかった。ぎりぎりまでスピードを保ったままフットブレーキを使って急激に速度を落とし、コーナーを曲がってくる。

でも、こっちは違う。低速ギアで走っているからブレーキペダルの使用は最低限で済むけどスピードは出ない。そのぶん相手との距離がどんどん縮まってしまう。

もしも追いつかれ、カーブで車体が斜めになっているところに接触されれば、こちらだけスリップして停車。それでおしまい。絶対に追いつかれてはならない。

我慢くらべ、と風子は思った。

山あいを抜け、高く聳《そび》え立っていた周囲の樹々が失せて視界が開けた。左手に市街が見える。出口まであと少し。もう撒くことなどできない。なんとか捕まらずに料金所まで辿り着くしかない。

さらに、急な下り坂が現れた。

風子はアクセルペダルから足を離した。エンジンブレーキが作動する。

先には大きな右カーブ。減速が足りない。ブレーキペダルを踏んだ。速度が急落する。ルームミラーには相手の車体が大きく映っていた。すぐ後ろまで追いつかれている。まさに目と鼻の先。

「当たる！」

風子が思ったのと同時、後ろで志麻が声を上げた。

その直後だった。ハンドルを右に切り始めた刹那、ミラーの向こうで相手の車体が突然横にスライドした。それから、道路脇にジャンプ台のような形で盛られた砂山に激突し、斜面を駆け上がった。巨大な衝突音があたりに響いた。

後方に相手の車両が見えなくなったのを確認してから、風子は息をついた。

「何が起こったの」

動揺を隠せない志麻の声に、風子が答えた。

「下り坂でブレーキ踏み過ぎて利かなくなったみたい。それを期待してたんだけど」

説明が足りないようなので、続けた。

「摩擦熱で異常を来《きた》してブレーキが使い物にならなくなったから、緊急退避用の砂山に車をぶつけて無理やり停車させたの」

一応、付け加えた。

「自滅したってこと」

風子の言葉に、志麻が後ろで大きく息をついたのがわかった。

4

有料道路を降り、小田原市街の人目につかない路地に入って車を停めた。

時計を見た。十時少し前。市井《しせい》の人間たちが労働を始めた時間だ。風子はもう既にひと仕事終えたような感覚だったが。

風子同様、過酷な労役を強いられたフォレスターのエンジンが切られるとすぐに、志麻は先程のカーチェイスの影響を確かめるべく足元に置かれていた保冷ケースの蓋を開けた。

中には、丸い穴が沢山開いたプラスチック素材の容れ物が収められ、その周囲に保冷剤のようなものが敷き詰められていた。容れ物には、黄緑色の液体が入った蓋付きの筒状の容器が一ダースほど挿さっていた。志麻はそれらを一本一本仔細に確認し、安堵したようにほっと息をついてからまた蓋を閉じた。

調べているとき、志麻は、風子にできるだけ手の傷を見せないようにしているように感じられた。気を遣われたくないのだろうか。

「あなた、いつもこんなことをしているの」志麻が風子に顔を向け、言った。

「まさか」

風子は答えた。なんにせよ、道程を考え直す必要があった。

再び厚木を経由して八王子まで戻り、当初の予定どおり中央道で諏訪に向かうか、あるいは遠回りになってもルートを変えて厚木から東名に乗って、静岡県のほぼ中心に位置する清水から中部横断自動車道に入るか、どちらにせよ大きく時間をロスしたことには違いなかった。

考えていると、社長から着信があった。

「おまえ、なにした？」

繋がるなり、ダッシュボードの携帯電話から声が響いた。トーンがいつもと違った。眉間の皺の深さが想像できた。

「事務所の郵便受けにぬいぐるみがぶち込まれてた。リボンつけた猫のやつ。心当たりあるか？」

「ない」

「股の間にタ、マ、が突っ込まれてたけどな」

「たま？」

「銃弾」

「あるかもしれない」

「おまえか」

「もしかしたら」

社長が大きく息を吐く音が車内に響いた。空気までこっちに届いたようだった。

「うちが脅迫受けるような覚えはなかったから、使ってるどこかの馬鹿が何かやらかしたかと思ったら、やっぱりか」

黙っていると、社長がすぐに続けた。

「わかってるだろうことをあえて言うが、ケツは持たない。わかってるな？」

「わかってる」

「で、どうせ最悪ってことなんだろうがこれも一応聞く。首尾は？」

「良くはない」

「どこだ？」

「小田原」

「オダワラ？　俺の知ってるところなら、新宿から電車でたった一時間の場所だが？」

「それ」

社長がまた大きく息をついた。

「いま何時だ？」

「イチゼロイチサン」

「十時十三分。一緒だな。安心したよ、俺の周りだけ地球の回る速度が違うわけじゃないらしい。サンデードライバーでも諏訪に行って帰ってこられる時間だな」

「そう思う」

「忘れてた。運転できる齢じゃなかったな」

「海と山を走った」

「この洒落た贈り物してくる平和主義者が川も走らせてくれるかもな」

「川？」

「三途って呼ばれてるよ」

「そこはやめておく」

「そうしておけ」

そこで電話は一方的に切れた。

風子はしばし考えを巡らせてから、とある相手に電話をかけた。繋がらなかったので、もう一度社長にかけた。

「自分の尻は自分で拭え」繋がるなり、社長が言った。

「わかってる」

「じゃあなんだ？」

「当初やるはずだった運び屋のこと、何か知ってる？」

「訊いたが、業者も言わなかった。で、おおかた組系《くみ》の組織だろうと思ってたらこのプレゼントだ。間違いないだろ。用件はそれか」

「うん」

「いまどこだ？」

「小田原」

「だいぶ進んだな」

再び電話が唐突に切られ、風子が携帯を眺めていると、社長からメッセージが届いた。写真が三枚、添付されていた。

一枚目が、猫の女の子のキャラクターのぬいぐるみを正面から写したものだった。二枚目がそのぬいぐるみの短い脚と脚の間を下のアングルから撮ったもの。無理やりこじ開けたような、布地が破れた跡があった。そして、三枚目が灰色のスチール机に置かれた鈍く光る銃弾の画像だった。

　三枚目を眺めていると、志麻がしびれを切らしたらしく、苛立ちを含んだ声で言った。

「行かないの？」

「待ってる」

「待ってる？　何を――」

　志麻の言葉を遮るようにちょうど目的の電話が入った。風子は通話ボタンを押した。

「生きてるか」不思議に落ち着く、低くよく通る声が届いた。

「生きてる」

「みたいだな」

「そっちも」

「ああ」

「いい？」

「いいよ」

「諏訪。明日の五時」

「問題ない」

「ギャラ」一拍置いた。「前回と一緒」

「問題あるな」

「あれ以上は無理」

「この前は特別だと言ったはずだが？」

黙っていると、相手が電話の向こうで溜め息をついた。

「このご時世、物価も賃金も上がり続けてるってのに、こっちの相場はどうしたら上がるのかね」それから諦めを含んだ声で言った。「今回が最後。もう言わせるなよ」

保証はできなかったのでそれには答えず、言った。

「いまどこ」

「そっちこそどこにいるんだ」

「小田原」

「厚木まで来られるか」

「時間は？」

「イチイチサンゼロ」

車内時計の数字を確認した。十時二十八分。通勤の渋滞時間は過ぎたし、厚木までは一時間弱で着く。問題ない。

「わかった」

電話を終え、風子がエンジンをかけると、志麻が慎重な声で言った。

「誰？　若そうな声だったけど」

「殺し屋」

返事はなかった。

再び小田原厚木道路に乗り、厚木西インターで下道に降りた。

インターから駅に向かう途中のコンビニに車を停めると、黒のブルゾンにグレーのカットソー、黒のカーゴパンツ、ナイキの白いスニーカーという出で立ちの背の高い男がスポーツバッグを手に店から出てきた。

仁滉一郎《じんこういちろう》が助手席に乗り込むと、風子はすぐに車を発進させ、一般道を走った。バッグから弾薬を取り出して拳銃に詰めながら、仁が言った。

「時間あるよな。足柄《あしがら》寄れるか？　弾補充したいし、道具も新調したい」

「わかった」

仁が弾薬を持った手を後ろに向けた。「俺だけに見えてるわけじゃないよな？」

「依頼主」

「なぜ乗ってる」

「同行希望」

「堅気に見えるが」

「窃盗犯」

「物は？」

「薬」

仁がわずかに眉根を寄せ、言った。

「もしかして、研究所の事件か？」

「報道されてるの」志麻が後ろから声を出した。

仁が携帯を操作して、画面を見ながら読み上げるように喋った。

「──医生物学研究所から開発中のバイオ医薬品が盗難。事件が起きたのは昨日午後十一時頃。容疑者は同所研究員」

「それ」

風子が言うと、仁がひゅー、と小さく音を鳴らした。

目的地が静岡県に入ってすぐの足柄サービスエリアとなり、必然的に東名高速道路を走ることに決まった。厚木インターから東名に乗り、仁にこれまでの経緯を話した。

「ホローポイントだな。着弾後に体内で先端が裂けるから、ダメージが大きい」銃弾の画像を見ながら仁が言った。「おまえに対する送り主の感情がよく伝わってくるよ」

たしかによく伝わった。相手に自分の思いを伝えるのがプレゼントの役割だとしたら、その効果をじゅうぶん発揮したということだろう。

「なんのメリットもないのにわざわざ脅迫してくるなんてな。よっぽど腹に据えかねたんだろうけど、おまえの推量どおり暴力団系の運び屋と考えてよさそうだ」

仁が続けた。

「闇医者や紹介した業者から聞き出せないとすると、その運び屋組織がどこの誰だかはわからないわけか。そいつらは、こっちの目的地が諏訪ってことは？」

「知ってる」

「諏訪のどこだ？」

風子は首を振った。

「近くなったら指示すると言ってある」志麻がかわりに言った。「それもあって同乗しているの」

「なるほどね。信用ないんだな、当たり前だけど」

「リスクヘッジよ。そのおかげで相手も正確な目的地はわからないわけだから」

「そもそもこっちの居場所自体、相手にはわからない。俺の立場で言うのもおかしいが、護衛は必要ない気もするけどな」

「むこうの目的もわからない。何が起こるかわからない」

風子が言うと、仁が笑った。

「齢の割にというか、おまえのそういうところはいいよ」

インターをいくつか過ぎて静岡県に入り、足柄サービスエリアに着いた。昼食どきということもあってトラックや乗用車が先まで並び、見渡すかぎり駐車スペースを埋めていた。風子は大型車用の駐車エリアに近いあたりに空きを見つけ、車を停めた。

仁と一緒に降りた。仁は携帯でサービスエリアのマップを開き、敷地のレイアウトを確認した。

「ガソリンスタンド、コンビニ、レストラン――ドッグランもあるんだな。犬は良い、裏切らないから――この『外駐車場』ってなんだ？」

「このサービスエリアは一般道からも出入りできるから、そのための駐車場」

仁が頷き、しばらく目線を上下させて地図と実地を見比べた。

「オーケー。行くか」仁が続けた。「相手はその気なんだし、おまえもハンターナイフ程度は携行しておけよ。選んでやるから」

「武器はあまり持ちたくない」

「おまえはこの国の憲法か？　一緒だよ、既におまえは〝俺〟という武器を所持している。身につけてるかどうかの違いだけだ」

そう言って仁が歩き出した。仕方なく風子はドアを開け、志麻に声をかけた。

「中で待っていて。すぐに戻る」

言い、ドアを閉めて仁のあとを追った。

〈クラフトカー〉は、銃器をメインとした「移動式武器屋」だった。

拳銃を部品に分解して密輸することが多くなってからは、貨物便や漁船などで海外から持ち込まれたものを運び屋がピックアップして武器職人の元まで運び、完成品の状態に組み立ててから専門業者が口コミや紹介による相手と一つ一つ取引をしていたが、それだと効率が悪いうえに途中でマージンも発生して価格が安定しなかった。

そんな折に暴対法や時流で暴力団の力が衰え、彼らの経済が立ち行かなくなり始めた。日本はアメリカなどと違って一般人が銃器を持つことはないから、商売相手は裏社会の人間に限られる。その主たる暴力団に金が無くなれば必然、商品が売れなくなって採算が合わなくなってしまう。そんな事情を背景に職人が自ら部品を仕入れ、製造、販売までをワンストップで手がけるようになり、それが〈クラフトカー〉の走りとなった。

現在では、キャンピングカーや小型バスなどを改造した専用車両を使って、仕入れた部品を車内で組み立て、ジャンクションに近いサービスエリアや道の駅、大型の商業施設などに停留して訪れた客に売る方式が主流となっている。決まった場所に店を構えるわけではないから商機やリスクに柔軟に対応できるし、〈クラフトカー〉の存在もどこに停留しているかも裏社会の人間しか知ることはない。ゆえに余計なストレスなく、求めるタイミングで必要な武器を手に入れることができた。

正確に把握されているわけではなかったが、〈クラフトカー〉の数は十に及ばないくらい存在すると言われ、東名阪と九州エリアでだいたい月に一度、営業が行われた。東京近郊では昨日は談合坂サービスエリアに、今日は足柄サービスエリアに停留していた。

大型車用の駐車スペースの端のほうに、目的の車はあった。相模ナンバーの運送会社と湘南ナンバーのパンメーカーのトラックに挟まれ、全身に赤い塗装を施した中型トラックが停まっていた。荷台の側面に、ゴルフクラブのイラストが描かれた丸いロゴが見えた。

運転席には、五十代くらいの男が座っていた。髪は短く癖っ毛で、頭髪よりももっと癖のある顎鬚《ひげ》を生やしていた。男はその焼け残った芝草みたいな鬚を触りながら、熱心に漫画雑誌を読んでいた。

仁がドアを二度軽く叩くと、男が雑誌から顔を上げ、仁を見て、それから風子に目線を向けた。運転席の窓ガラスがゆっくりと下りた。

「道具が欲しい」

〝道具〟は、拳銃を含め武器全般を指す隠語だった。男はしばらく黙ったまま顎鬚を撫でながら風子を見ていたあと、ようやく口を開いた。

「聞いたことはあった——無免で走る女の運び屋がいるって」それから言った。

「先客がいるが」

「どれくらいかかる？　仕事の最中でね、早く済ませたい」

仁が返すと、男が運転席から腰を上げ、中から荷台のほうへ行って戻ってきた。

「一緒でも構わないと言ってるが」

「こっちも構わない」

男が肩をすくめた。

「珍しい連中だ——入りな」

風子たちは車の反対側に回って、荷台の扉を開けた。

中は五畳くらいのスペースで、運転席と行き来できる構造になっており、黒いカーテンで仕切られていた。これ見よがしに至るところにゴルフクラブが置かれ、壁には細々とした器具や工具がぶら下がっていた。荷台の中心には子供の背丈くらいの高さの蓋付きの台が二つ置かれてあり、中はショーケースになっていて、同じく握るものではあってもゴルフクラブとはまったく違う目的で造られたものが並んでいた。

そのショーケースの一つを、体格のいい坊主頭の男が見下ろすように眺めていた。真っ白なクルーネックにシングルの革ジャン、ジーンズという格好で、ラガーマンのように盛り上がった胸筋や上腕が服の上からでもはっきりと見て取れた。齢は四十前半くらいに見えた。

坊主頭は入ってきた風子と仁を一瞥してからまたすぐに目を離し、隣のショーケースに移動した。

仁が坊主頭がどいたほうのショーケースを早速覗き込んだ。仁も百八十センチ近くあるから車内はずいぶんと狭く感じた。それからためつすがめつそれらを仔細に眺め、顎鬚を生やした店員に刃物があるか尋ねた。

店員が奥に行って木箱を抱えてきた。開けると、中に様々な種類のナイフが収められていた。片刃のものや両刃のもの、ブレードの背が凹凸状になっているものなど、仁に促されるがままいくつか手に取った。風子は柄が木でできた折り畳み式の一つを選んだ。

「まず、このフォールディングナイフ」仁が店員にそのナイフを示した。「それと、オートマチックを一丁」

「ワルサーが入ってる」

店員がショーケースの鍵を開けて黒光りする自動拳銃を取り出し、仁に渡した。

「ちょっとグリップが大きいな」持ってすぐ、仁が言った。「いま使ってるのがベレッタだから」

「安定するよ」

仁がしばらく触り、首を振った。

「しっくりこない。前も試して合わなかった」

「グロックは?」

「コルト・ガバメントみたいなフィーリングのものがいい」

「名器だ」と、坊主頭が静かな声で口を開いた。

仁が坊主頭のほうを向いた。

「無いよ」店員が困惑顔で言った。

「シグの228は？　握りやすいし、値段も手頃だろう」坊主頭がショーケースに目をやったまま言った。

「そういえば、シグは扱ったことがないな」

仁が言い、店員から受け取って、何度か触ったり構えたりを繰り返した。

「手慣れてるな」坊主頭が言った。

「そうかい？」

坊主頭が頷いた。

「たぶん、そっちも」仁が言った。

「というと？」

「雰囲気で感じるよ」

坊主頭が小さく笑った。「どこの組？」

「いや、専門だよ」

坊主頭が静かにひとつ頷いて、言った。

「どこで学んだ？」

「国」

「元自衛官か。陸自？」

「ああ。もしかして、あんたも旭日旗上がりなのか？」

「いや、純粋な好奇心だ。安東会にいる。仕事をしたことは？」

「無いね。おまえは？」

仁がこっちを向いた。風子は首を振った。坊主頭が風子を見た。

「相棒か？」

「知らないか？　この娘、結構有名だよ」店員が口を挟んだ。

「いや、わからない」

「ヒントは車。簡単すぎるか」

「運び屋」

「正解」

坊主頭が頷いた。

「たしかに、運転に性別やフィジカルは関係ないな」

「先に出る」風子が仁に言った。

「ん？——わかった」

仁が答えると、店員が風子を制した。

「いまは駄目だ。隣で道路会社の人間が集まって話してる。いなくなってからにしてくれ」

〈クラフトカー〉の出入りは、店員に従うルールだった。仕方なく風子は留まった。束の間、沈黙が包んだ。

「仕事か？」坊主頭が風子と仁を見て言った。

「ああ」仁が答えた。

「どこへ？」

「静岡。そっちは？」

「いや、特に。立ち寄っただけだ」

「東京から？」

「ああ」

「よく来るのかい」

「たまに。あんたは」

「一見だよ。ちょうど新調したくてね」

坊主頭が頷いた。

「その邪魔をしてしまったようだ。続けてくれ」

仁が調達を再開した。坊主頭が勧めたものもいまひとつだったようで、詳しくはわからなかったがスミス&ウェッソンのオートマチックを選んだ。それから弾薬を二ダース注文し、店員が壁際の引き出しを開けて弾薬が入った箱を取り出した。

「ようやくいなくなったな」坊主頭が壁のほうを見ながら言った。

「出ないのかい」仁が言った。

「そうだな。そっちは」

「じきに出るよ」仁が続けた。「お先どうぞ」

一拍あって、坊主頭が言った。

「では。よい一日を」

「来たとき譲ってくれて、どうも」

仁が言うと、坊主頭は黙ったまま頷き、〈クラフトカー〉を出て行った。扉が閉まったのを確認すると、仁と風子は一度目を見合わせ、二人で〈クラフトカー〉を出た。

駐車場に降り立つと、右隣にあった運送会社のトラックはなくなっていた。少し先に、車列の間を通って施設の方向へ歩いていく坊主頭の後ろ姿が見えた。

仁がそちらから目を離さずに顎でフォレスターの方向を示したので、車に向かって急いだ。フォレスターに辿り着くと、キーを使ってドアを開けた。後部座席に志麻が荷物と一緒に座っていた。

「何もなかった？」

「え？　ええ――」

志麻の言葉にとりあえず安堵し、車のそばであたりを窺っていると、仁がやってきた。

「あいつは建物に入った。追うのはやめた」仁が施設の方向に注意深く視線を送りながら風子に言った。「どうしてあの坊主頭を怪しんだ？」

「何か隠してる」

「なぜそう思う？」

「私のこと知ってたと思う」

「その心は？」

「最初にこっちを見たとき、すぐに目を逸らした。知ってるならあり得るけど、知らなきゃ普通もっと物珍しそうに私のこと見てくる。でもあいつ、知らないって言った。理由はわからないけど、知らない振りをした気がする」

「なるほど」

「どう思った？」

「俺は最初は何も感じなかった。でもおまえが『先に出る』って言ったときに何か疑ってることがわかったから、見方を変えた——まあ、何かにおうといえばそんな気もする。安東会系と言ってたけど、あいつが運び屋連中の一味の可能性があるのか？」

風子は首を振った。

「わからない。ランクルで追ってきた二人とは違うけど、スモークガラスで見えなかった後部座席に他にも乗っていたのかもしれないし、もう一台のほうは顔も見てない。それに、もしそうならなんでこっちの居場所がまたわかったのかもわからない」

「加えて、クラフトカーで待ち伏せする理由もな。坊主頭の姿が見えなくなってからあの店員に聞いたんだけど、あいつは俺たちの十五分くらい前に来たらしい。それが本当なら、こっちがサービスエリアに着く前には既に店に入ってたってことだ。ということは、俺たちの目的を知ってたってことになる。そんなのおかしいだろ？」

風子は頷いた。しばらく二人とも黙ったまま視界を見渡した。

駐車場はほとんどが埋まっていて、停まっていた車と入ってきた車が始終出入りし、車から降りる人間と乗り込む人間が途切れることもなかった。店舗が並んだ施設の前は沢山の人々で賑わい、老若男女問わず、話したり携帯電話をいじったりしていた。

「いないな」と仁が周囲を見回しながら言った。「まだ建物の中にいるのか、それともこれだけの広さだからな、出てくるのを見過ごした可能性もあるし、施設の奥側は一般道に繋がってるんだろ？　そっちに行ったのかもしれない」

仁が続けた。

「仮にあの坊主頭が追っ手だとしても、いま接触してくるつもりはないってことか——まあ、ここで仕掛けてくるような真似はしないだろうけど」

「それか、気づかれないように既に車に戻っていて、こっちが出るのを見張ってるか」

「当然、俺が行き先を静岡と言ったことに対して、嘘の可能性も考えてるだろうしな。それとおまえが気にしたとおり、仲間と一緒だった可能性もある」

もしも坊主頭が運び屋組織の一味で、仲間と一緒だったとしたら、〈クラフトカー〉にいたとき風子たちに悟られないよう連絡した可能性があった。風子が途中で車に戻ろうとしたのもそれが理由だった。そしてもしそうなら、坊主頭が話しかけてきたこと自体も風子たちを引き留《と》めるのが目的だった可能性が高い。

しばし、また沈黙が続いた。

「どうする？　あれこれ考えても埒《らち》あかないし、行くしかないか？」

仁が言い、そうすることにして車に乗り込んだ。風子はエンジンをかけ、出口に向かって駐車場をゆっくりと進んだ。

ついて来る車両は見当たらなかった。途中二度あえて車を急停止してみたが、その度に不自然に止まるような車も無かった。結局そのままサービスエリアを出て、本線に合流した。

他の車が走る速度の流れに逆らわないようにしながら、しばらく左車線を走った。ミラーに、動きが気になるような車両の姿は映ってこなかった。

「考え過ぎだったか」仁がサイドミラーを見ながら呟いた。

風子は黙っていた。そうだと思いつつも、違和感のようなものが身体の中に残っていた。

5

足柄サービスエリアを出て、高速を走った。

度々ミラーで確認するが、追ってくるような車両は見当たらない。

志麻は後ろでずっと黙って座っていた。仁も他の車両を眺めたり時折サイドミラーに目をやって後続車両を確認したりはしたが、それ以外は口を開かなかった。城壁のような巨大なアウトレットを横目にそのまま御殿場インターを過ぎ、御殿場ジャンクションを越えた。時刻は午後一時を過ぎたところだった。

ルームミラーに一度目を向けてから、後ろに声をかけた。

「どうしたの」

「何が？」志麻がすぐに返してきた。声に強張ったものがあった。

「なんとなく。静かだったから。足が痛むの？」

「大丈夫——少し疲れを感じただけ」

仁が笑って言った。

「昨日の犯行から半日以上も寝ずに緊張のしっぱなしなんだ。心身が疲弊して当然だよ」

仁が後ろを向いた。

「あんた、家族は?」

ややあって、志麻が答えた。「――独り身よ。どうして?」

「いや、あんたのような真っ当に見える人間が、いったいどんな事情があるのかと思ってね」

「別に真っ当なんかじゃない」乾いた響きを含んだ声で、志麻が返した。

「なぜ?」

「なぜって――」わずかな間のあと、志麻が言った。「私の人生には、研究しかないもの」

怪訝に思って、風子が言った。

「それを売ろうとしているんじゃないの?」

ミラーに目をやると、志麻が硬い表情をしていた。志麻もこちらを見てふと目が合った瞬間、スタジャンのポケットの中で携帯電話が揺れた。坊主頭のことに思考を持っていかれ、ダッシュボードに取り付けていなかった。

取り出すと、事務所で契約している携帯電話の番号からだった。携帯をダッシュボードに置き、通話ボタンを押した。

「モリヤマだけど」聞き慣れない、暗い声がスピーカーから漏れ出た。

誰だっけ、と一瞬思い、それからすぐに最近店に入った痩せぎすのボーイの顔が浮かんだ。未明に千葉から戻ってきたとき、顔を合わせた。もうずいぶんと昔のことのように思えた。

「さっきも電話したんだけど」ボーイが抑揚のない口調で言った。

「気がつかなかった。なに」

「いまどのあたり? 社長、いま手が離せなくて。聞けって」

なんというか、生気の感じられない喋り方だった。考えてみればこの男が話すのを聞いたのは初めてだった。

「御殿場」

「高速？」

「そう。東名」

「つぎ、停まれるとこは？」

「愛鷹《あしたか》パーキング。どうして？」

聞くと、返事はなく、電話の向こうでなにやら雑音が続いた。ネットなりで高速道路の路線図を見ているのかもしれない。

「ああ、あった――それじゃなくて、次の富士川ってサービスエリアに行って」ややあって、暗い声がまた届いた。

「なんで」

「社長がなんか話があるらしくて、停めさせろって。いまは手が離せないから」

「話って？」

「わからない。知らない」

腑に落ちなかったが、この男とやり取りしても無駄だと思い、言った。

「わかった」

「どれくらいで着く」

ナビを見た。約二十五分後だった。

「四十分後」

仁がナビを見て、それからこちらをちらり、と見た。

「着いたらこの番号に連絡して」

むこうがそう言い、電話が切れた。

「誰だ？」仁がすぐに言った。

「店のボーイ」

仁がふうん、といった感じで頷いた。

前方の案内標識に目をやった。もうすぐ愛鷹パーキングエリアだった。

「次のパーキングに寄る」

仁がサイドミラーに目をやった。

「追っ手？」

「違う」

「どのみちサービスエリアに寄るんだろ」

「先に、ちょっと確かめたいことがある」

仁が頷いた。「そのための余分な十五分か」

風子も頷いて返した。

十分ほどして愛鷹パーキングエリアに入った。寄るのは初めてだったが、予想どおり小規模のパーキングだった。駐車スペースも少なく、コンビニエンスストアと小さな飲食店、それからトイレがある程度だった。駐車場は半分ほどが埋まっていた。

用を足す目的もあったのでトイレの目の前に車を停めると、まず仁が車から出て、確認のために建物の中に入っていった。戻ってくると、仁が車の外から一度頷いた。すぐにサングラスをかけた志麻が車から降り、仁と一緒に建物に向かった。

風子は運転席に座ったまま歩く二人の後ろ姿を見ていた。志麻は右足をかばうようにしながらゆっくりと歩いた。仁がそれを横目にあたりを常に窺っていた。近づいてくるような人影はなかった。

二人が入ったのを確認すると風子は車から降りて、車体の下を覗き込んだ。配管などが見えるだけだった。携帯のライトで底部を照らし、しばらく目を凝らした。リアバンパーの下を確かめ、続いてサイドシルの奥を覗いた。

あった。

十センチ程度の直方体の黒い物体が、ドアの下にある細長いパーツの奥に貼り付けてあった。それを取り外し、マグネットが付いた黒いケースを開けると、中に縦横四センチ、幅が二センチくらいの金属製の装置が入っていた。

リアルタイム型のGPS発信機だった。

手の中の発信機を見つめ、それから車内に戻って座席の裏や下、シートの隙間、ドアポケット、ヘッドレストの内部に至るまで隅々を探った。特に何も見つからなかった。

数分して二人が戻ってきた。志麻が後部座席に乗り込むのを確認してから、十メートルほど先の歩行スペースに置かれたゴミ箱まで行き、発信機を放り込んだ。仁が隣にやってきた。

「オーソドックスな手口だな」

「やられたのは初めてだけど」

「とりあえず、相手に居所が割れてた理由はわかったわけだ——で、どこでだ？」

「たぶん、新宿を発つ前に駐車場に停めてたときに付けられたんだと思う」

「あの車は？」

「事務所の。最近はだいたいあれに乗ってる」

挙動や乗り心地を含めて運転に対する感覚が変わるのを嫌って、決まった車両にしか乗らない運び屋もいるが、風子は違った。風子のほうが車にアジャストする。おそらく風子自身がそういうタイプでもあったし、なにより自分の車を持っていないことが大きかった。

仁が頷いて、言った。

「それで話は戻るが——あの坊主頭は、クロか？」

「わからない。あいつが追っ手だとして、GPSで居場所が知られてたとしても、クラフトカーが目的だったことを把握されてた理由は説明できない」

「盗聴器は探ったか？」

「車内を見たけど、無い。無理やり鍵をこじ開けた痕跡も無し」

「結局謎か——やっぱり考え過ぎなのか疑《うたぐ》るべきなのか、判断がつかない」

仁が肩をすくめて言い、考察の材料が無くなったのでやり取りを終えた。

風子は自分も用を足し、コンビニエンスストアでパンやサンドイッチなど三人分の軽食を買い込んでから車に戻った。エンジンをかけようとすると、黙って携帯を見ていた仁がおもむろに口を開いた。

「ちょっと面倒臭くなりそうだな」

風子は隣に目をやった。

「出ていい。出たほうがいい」

仁が言った。風子はエンジンをかけ、車を発進させた。

高速本線に戻ってから、仁が再び口を開いた。

「ネットニュース。K通信社の記事」

志麻が後ろで居住いを正したのが気配でわかった。

「十一月十五日午後十一時過ぎ、文京区・東亜理科大医生物学研究所で開発中の医薬品と研究データが持ち出された事件で、警視庁は十六日、同所研究員で東京都在住・志麻百合子容疑者三十八歳を、窃盗容疑などで全国に指名手配した。警察によると、志麻容疑者は夜勤当直の研究員が休憩をとっている間に犯行におよび、研究所からタクシーに乗って南へ向かい四谷《よつや》付近で下車したとのことで、捜査本部ではその後の行方を追っている。同庁は他道府県警からの捜査協力を要請するとともに、一般人からも広く情報を募《つの》り、早期の逮捕実現に向けて警察機構全体で取り組むとのことで――」

仁がそこで読むのをやめ、付け加えた。

「あんたの研究員証の顔写真と身体的特徴、荷物、着替えたみたいだけど犯行時の服装が公開されてる」

沈黙が下りた。風子は追い越し車線に移り、速度を上げた。

仁はしばし考え込むように黙っていた。

「どうしたの」

「ただの窃盗罪で、いきなり指名手配に公開捜査なんて変だと思ってな」

すぐに仁が答えた。風子も同じように思っていた。仁が後ろを向いた。

「とはいえ、なってしまったものはどうしようもない——諏訪に向かうことは誰かに話したか？　親とか友人とか仕事関係者とか、警察が話を聞きそうな相手」

「誰にも言ってない」志麻が首を振った。「もう会えなくなるだろうから、実家にいる親には薬を持ち出して逃げるつもりだとは打ち明けたけど、目的地までは言っていないわ——散々引き止められたけどね。当たり前だけど。結局振り切って出てきた」

「恋人は？」仁がすぐに重ねて尋ねた。

志麻がもう一度首を振った。「そういう相手は、ずっといないわ」

「庇《かば》ってないだろうな？　あんたみたいにちゃんとした仕事もあって普通に生活している人間が金目的で犯罪を犯すなんて、月並みだけど異性関係の動機を勘繰ってしまうんだが」

「違う」

「じゃあどうして金が必要なんだ」

「あなたに言う必要はない」

仁が黙った。沈黙が訪れた。

「そういう相手がいないっていうのは、嘘ではない気がする。根拠はないけど」ややあって、風子が言った。

しばし黙っていてから、仁が言った。

「まあ、おまえのそういう直観は当を得ていることが多いけど――」

仁がひとつ息をついて、続けた。

「わかった――じゃあ、その取引相手とは諏訪で落ち合うことをどうやって決めたんだ？　SNSとかメールとか、通信記録に残ってたらわかる」

「公衆無線LAN環境で、個人情報の登録が必要ないフリーメールを使ったから大丈夫だと思う」

「あんたに運び屋を紹介した業者とはどうやって連絡取り合った？」風子が言った。

「電話でのやり取りしかしてないから、そちらも記録は残っていない」

「おまえのところは大丈夫なのか？」仁がこっちを向いた。

「その業者を介してるから、この人とは直接やり取りしてない。それはむこうの運び屋組織も一緒だけど」

仁が頷き、志麻に言った。

「四谷でタクシーを降りたようだけど、そこから新宿の事務所に行くまでの足取りが摑まれる恐れは？」

「それも大丈夫のはず。街に設置された防犯カメラに映らないルートを指示されて、そこを歩いてきたから」志麻が答えた。「あなたたちがそんなものを把握している事実に、まず驚かされたけれど」

「商売上」風子が簡潔に返した。

仁が思案顔で頷いてから、言った。

「警察に諏訪に向かってることを知られる恐れは低いか——たぶん、社長の話ってのはこの指名手配のことだろうな」

「たぶん」

「連絡したらどうだ？　わざわざサービスエリアに寄るのは無駄だし、リスクだろ」

そう考えていたので、痩せぎすのボーイではなく社長に直接連絡した。しばらく呼び出し音が続いたが、相手は出なかった。

「駄目か。あの陰気臭い部下が手が離せないって言ってたしな」

仁が嘆息混じりに言った。


社長からの折り返しが無いまま、二時少し前に富士川サービスエリアに着いた。

静岡東部を越えたあたり、伊豆半島を尻尾に金魚の形によく例えられる静岡県の、だいたい尾の付け根部分だった。

昼どきのピークは過ぎていたが、観光客の増加もあって駐車場は八割がた埋まり、人だかりで賑わっていた。そのうちの少なくない人々が、富士山の方向を向いて写真を撮ろうと携帯をかざしていたが、曇っていて目的のものは捉えられそうになかった。

奥のほうに停めるとすぐに電話をかけた。三コールほどして、相手が出た。

「着いた」と風子は言った。

「依頼主と一緒？」スピーカーから薄暗い声が流れた。

「そう」

「一人でフードコートに入ってくれって、社長が」

「どうして?」

「知らない。でもそう言ってる――言ってたから」

「社長はそこにいないの」

「いない。そっちから連絡来たら、おれが連絡することになってる」

何か変だった。仁も僅かに眉根を寄せていた。

「話って、ニュースのこと?」

「ニュース?」

「依頼主が指名手配になったって」

むこうが、一瞬沈黙した。

「へえ」

「そのことじゃないの」

「だから知らない」

「社長に直接電話する。さっきもかけたけど、繋がらなかった」

「だから、おれが連絡することになってる」

「同じことじゃない?」

「違う。社長の指示」

有無を言わさないような、不自然に鋭い口調だった。また沈黙が訪れた。

仁が隣からスマホの画面を向けてきた。

〈従え〉

頷き、そうした。

「わかった」送話口に向かって言った。「切ったら出る」

「フードコート」

「わかってる」

電話を終えた。

風子はしばし思考を巡らせてから、スマホを手に取った。仁が黙ったまま車から降りた。風子も続いた。

出ると、仁はボンネットに軽く腰掛け、隣に立った風子に言った。

「どうなってる？」

「わからない。でも何か変」

「部下が電話してくることが？」

風子は首を振った。「話があるから車を停めろなんて、今までなかった」

「運転しながらスピーカーで電話はできるしな――モリヤマ、だっけ？　そのボーイはどんなやつだ？」

風子は首を振った。「よく知らない。店に入ってまだ二ヶ月か三ヶ月くらい」

「そいつが今まで電話してきたことは？」

「ない」

仁はしばし考え込んでから言った。

「とりあえず行ってこいよ。俺が車に残ってるから」

風子は頷いた。そのあといくつか仁と確認事項を話し合い、施設に向かった。

ベンチや幟《のぼり》が置かれた歩行者用のスペースを横切り、建物に入った。土産コーナーを通り過ぎてフードコートエリアに足を踏み入れると、同じデザインの簡素な長テーブルと椅子が一面に並んでいた。だだっ広い室内には話し声や食器が当たる音、呼び出し音などが雑然と響き合い、様々な料理の匂いが混ざり合って空気の中に充満していた。

入り口側に近い、空いていたテーブルの一つに座った。人が一人歩けるスペースぶん離れた隣のテーブルでは、若い夫婦と幼稚園ぐらいの息子らしき家族連れが座っていて、親のほうは食事をし、子供はアイスクリームを頬張っていた。夫婦は箸を運びながらなにやら話をしていたが、喧騒のために中身までは聞こえなかった。

しばらく周りを見渡した。沢山の人々が座って食べ物を口にしたり、楽しそうに会話を交わしたりしていた。各々が自分のすることに夢中で、お互いにはまったく興味を示していなかった。雑多で煩雑とした、いつものサービスエリアの風景だった。

電話はかかってこなかった。風子は手の中の携帯電話を見つめ、そのままネットニュースを検索した。「研究所」と入力するだけで、結構な数の事件の記事がヒットした。志麻の顔写真と一緒に、「指名手配」「美人科学者」といった文字も多く見受けられた。

「諏訪までは中央道のほうが近いだろ？」

記事を流し読みしていると、声がした。同時に、風子を挟むようにして両隣に黒いスーツの男たちが腰掛けた。顔を上げると、目の前の椅子にも男が座っていた。白シャツの上に黒い背広を羽織り、オールバックにした艶のある黒髪は肩あたりまであった。浅黒く油分の多い肌をしていて、しっかりとした顎と横に広い口が目を引いた。

その口が開いた。

「車の鍵と携帯と道具。出せ」

しばらく相手を見つめた。顔に見覚えはなかった。風子はスタジャンのポケットからまず車の鍵を取り出してテーブルの上に置き、手に持っていた携帯電話をその隣に置いた。それからボトムのポケットから買ったばかりのナイフを取り出して、直接渡した。こんな親和的な場所にナイフなんかが置かれていたら、それだけで行楽客たちの会話も箸も止まってしまう。

途端、離れたところから同じような黒いスーツ姿の、色を抜き過ぎて白に近い金髪の二十代中盤から後半くらいの男がやってきて鍵を掴み、出口のほうに向かってそのまま出て行った。風子はその後ろ姿をしばし見送った。

目の前のオールバックの男はこちらを見ながらずっと黙っていたので、右隣の男に目をやった。目尻が細く切れ込んだ鋭い目をしていた。動物に例えるなら蛇。もしかしたら死んだ魚のような目をしているかもしれないと思って、左隣にも目をやった。やっぱりそうだった。

ささやかなカーチェイス以来の再会だった。もっとも小さな鏡越しに目を合わせただけだったが。

「初めまして」と、右隣の蛇がにやついた顔で言った。

「よろしく」と、左の魚が同じように趣味の悪い笑みを浮かべて言った。

「ぬいぐるみ、ありがとう」と風子は返した。

三人の男が、お互い目を合わせてからそっくりの下卑た笑みを浮かべた。揃って訓練でもしているのかもしれない。

「気に入ったか？」魚が言った。

「そうでもない」

「一緒に寝たらいい」蛇が言った。「枕の横に置いておけよ」

「棺桶じゃないといいがな」とオールバックが言い、男たちがまた笑い合った。それからオールバックが指に挟んだ小さなものをテーブルの上にことん、と置いた。

見たことがあった。

「ホローポイント」と風子は言った。

「よく知ってるな」とオールバックが頷いた。「殺傷能力が高い」

「らしいね」

「送った一発は、ぬいぐるみと一緒におまえにくれてやるよ――で、いま俺の背広の内側には、こいつが六発入ったものが収まってる。俺だけじゃない、おまえの隣にいる二人もだ。何が言いたいか、わかるか？」

「騒ぐな、とか、大人しくしろ、とか？」

オールバックが冷たく笑った。両隣で蛇と魚がにやついてるのが見なくてもわかった。

「あのふざけた釘はいつも用意してるのか、おまえ？」と蛇が言った。

「だいたい」

「いい心がけだな」と魚が言った。「だがあんなふうに外に捨てたら危ないだろ？」

「そのためだから」

「俺じゃなきゃ避けられなかったぜ？」

「用件は？」と風子は言った。

「そう急《せ》くな」とオールバックが穏やかに言った。「せっかくなんだ、ゆっくり話そうじゃないか」

「じゃあ」と風子は言った。「どうして私たちを追ってるのか教えてくれない？」

三人ともにやついたまま返事をしなかった。そういった話をする気はないらしい。

「急いでるんだけど」

「なぜ」

「仕事中だから」

オールバックがまたおかしそうに笑った。

「馬鹿かおまえ？　それを邪魔しに来たんだよ、俺たちは」

風子は相手の顔を見た。オールバックは唇を歪めたまま風子を睨むように見据えていた。その目を、しばらく見返した。

重たい沈黙が続いた。いつしかフードコート内の喧騒がどこかに消え、このテーブルの空間だけが静寂に包まれたような感覚を覚えた。

しばらくそんな錯覚に陥っていると、オールバックの唇がさらに歪み、ゆっくりとその広い口が開いた。

「まあ、俺も砲弾からホトケまで色々と運んだし、中にはよくわからない薬品もあったが、今のおまえみたいに現実離れしたシロモノ運ばされたことはねえ――とりあえず同情してやるよ」

何を言っているのかわからず聞き返そうとしたとき、オールバックがポケットから携帯電話を取り出して耳に当てた。その直後、急に表情が変わった。

「あ？」

ただならぬその声音に、蛇と魚がオールバックに顔を向けた。

オールバックは厳しい顔つきでしばらく携帯を耳に当て、相手の話を聞いていた。それから風子の目をじっと見て、「かけなおす」とひとこと吐き捨てるように言った。

オールバックが電話を切り、携帯をテーブルの上に放った。大きな音が響いた。

しばらく沈黙が続いた。オールバックは右手の人差し指でテーブルをこつん、こつん、と小刻みに打ちながらなにやら考えていた。それを隣のテーブルの男の子が口を小さく開けてずっと眺めていた。手に持ったアイスクリームが溶けてぽたぽたと床に落ちていたが、男の子も両親も誰も気づいていなかった。

やがてオールバックが再び風子に目をやり、まるで一つ一つ記録するかのようにゆっくりと喋り始めた。

「いいか、これから俺はおまえにいくつか質問する。そのすべてに、必ず正直に答えろ。拒否は許さない、文句はないな？――ああ、これに答える必要はねえ。文句があるのはわかってる」

そう言われたので風子は黙っていた。オールバックが続けた。

「いまのはさっきの金髪からの電話だ。呆れるくらい、出来が悪い。とにかく脳味噌が足りない。同じミスを繰り返す。こっちが言ったことを忘れる。何度怒鳴りつけてぶん殴ったかわからねえ。だが少なくとも続いてる。珍しい。最近の若いやつはすぐいなくなっちまうからな。まあそういうわけで、かわいいと言えばそう言えなくもない部下だ。俺はあいつに指示を与えてた。なんだと思う？」

「車を探すこと」

オールバックが頷いた。

「そのとおり。正確に言うなら深緑のフォレスター、練馬ナンバーの19-××。つまり、おまえの車だ。もっとも免許の無いおまえが持ってるわけはないから名義は別だろうが、要はおまえが運転してる車だ。その車をこのだだっ広い駐車場の中から見つけるよう、俺はやつに言った。できると思ったからだ。そのくらいのこと、できてもらわなきゃ困る。小学生にだってできることだからな。あいつの脳味噌は小学生程度だから、できる。俺はそう考えた。だから任せた」

そこでオールバックは言葉を区切った。それから息をつき、続けた。

「さて、それで今かかってきた電話だ。こっからが問題なんだよ。なあ？　当然俺は『見つかりました』って報告だと思った。当たり前だ、だっておまえはその車でこのサービスエリアにやってきたんだもんな。それが駐車場に無いって道理はねえ。ところがだ、話の内容は違った。野郎、なんて言ったと思う？」

答えはわかっていたが、風子は黙っていた。オールバックも返事を待つつもりはないらしく、すぐに自分で答えた。

『車が無いです』とぬかしやがった。そんなことを報告したら、俺にどれだけどやされるかくらいは、あの馬鹿でもわかる。だからすぐにやつは続けたよ、何度も繰り返し探した、端から端まで。深緑のフォレスター、練馬ナンバーの19－××。きちんと携帯にメモしておいて、それを見ながら探した、と。フォレスターは三台あって、一つは青で、もう二台は白なんだそうだ。さすがに色を見間違えるようなことは、あの馬鹿でもしないと思う。だから、その三台はおまえの車じゃねえ、おまえの運転してきた車では」

そこでオールバックは喋るのをやめ、沈黙が訪れた。蛇も魚もオールバックが話を始めてから言葉ひとつ発さずに黙って話を聞いていた。おそらくこの男の話が長いことを知っているのだろう。そして、邪魔されるのを嫌うに違いない。そんな雰囲気が嫌でも伝わった。

「問題はここからだ——いや、違うな。さっきも同じことを言ったか。まあそりゃいい——もしもあの馬鹿の言うとおり、いま駐車場にその車がないのだとしたら、誰かがおまえのかわりに運転して車を動かしたってことになる。さて、これが問題一。俺はおまえから車の鍵を奪った——いや、その言い方は語弊があるな、譲り受けた。そして、その鍵はいま、あの馬鹿が持っている。つまり、誰もおまえの車を動かせるはずがない。なのに車はない。おかしいよな？　俺一人で考えてもわからない。というわけで、おまえに質問する。必ず正直に答えろ、と俺は言ったな？　覚えてるか？　答えろ」

「覚えてる」

「答えろ。あの鍵は偽物か？」

「本物」

「スペアを用意してたのか」

「用意できるものは、いつもそうしてる」

オールバックが鼻を鳴らした。それから言った。

「オーケーだ。問題一は解決した。鍵はもう一つ存在した。つまりそれを持ってる誰かが車を運転できたってことだ。それで車が駐車場に無いことの説明はつく。俺の出来の悪い部下の報告は間違ってなかったってことになる。なによりだ。それはよかった――だがそうすると、新しい疑問が生まれるよな？　これが問題二。じゃあ誰が運転したのか？、ってことだ」

オールバックが風子を見据えた。さっきよりも目つきが鋭くなっていた。

「俺にとってすれば、これが一番大きな問題だ――いいか、あの車にはおまえと、それから依頼主の女が乗っていたはずだ。つまり女にスペアキーを渡せば、車を動かすことは可能だ。誰だってそう思う。俺だって何も知らなきゃそう思う。だが残念ながら俺はそうは思えない。なぜか？　俺はあることを知ってるからだ。だから疑問が生じちまう。俺が何を知っているか？　おまえも知ってることだよ。シンプルな事実だ。一応言おうか？　なあ？　その女は車を運転できないってことだよ。やつは運転免許を持っていない。そうだな？」

そこまで一気に喋り、オールバックが息をついた。本当によく喋る、と風子は感心した。そう思った直後、オールバックがまた口を開いた。

「女が嘘をついていた可能性はあるか？――否。運転できるなら自分で目的地まで運んだほうがいい。わざわざ運び屋に頼む必要はない。だから免許は本当に持っていない。そう考えていい——だがそうだとすると、女は車の運転なんて人生でしたこともないのに、ぶっつけ本番でエンジンをかけてステアリングを操作し、アクセルとブレーキペダルを踏み分けてこのサービスエリアを走り抜け、時速百キロ以上で走る車の波に無謀にも突っ込んでいったことになる。そんなことあり得るか？——否。あり得ない。まともなやつはおまえみたいに免許がないのに平気で高速道路を運転したり、釘の束を窓から放ったり、カーチェイスを仕掛けてきたりはしない。そんな狂った人間はおまえだけだ」

仕掛けたわけではない、と風子は思った。もちろん言わなかった。

「ということはだ、どういうことか？　俺は考えた。そしてふと思った——もしかして、車には他に誰かが乗ってたんじゃねえかってな。さて待たせたな、最後の質問だ。もうわざわざ言う必要はねえよな？　三秒以内に答えろ、イチ——」

「いた」

「誰だ」

「護衛」

「何者だ」

「殺し屋」

オールバックが大きく息をついた。蛇と魚が姿勢を変えた。

「オーケーだ。これで全ての謎が解けた。おまえが雇ったヒットマンがスペアキーを持っていたから車は動かせた。だから駐車場に車はなかった。すべて辻褄は合う。万事納得がいった。俺の部下は自分の仕事をきちんとしたようだ。安心したぜ——安心はしたが、クソ気に入らねえ——おまえ、なにしち面倒臭えことしてくれてんだ？　そいつらどこに行かせた？　言え」

風子が黙っていると、オールバックがゆっくりと言葉を紡いだ。

「すべて、必ず、正直に答えろ、と俺は言ったな？　忘れたか？」

「覚えてる。答える気がないから黙ってる」

オールバックが突然声を上げて笑った。家族連れが立ち去ってから隣のテーブルに座っていた五十代くらいの男女が驚いてこっちを見た。蛇と魚がそちらを睨みつけ、男と女が揃ってすぐ目を逸らした。それから、気まずそうに席を立っていなくなった。

「面白いよ、おまえ」と、オールバックがおかしくてたまらないといった感じで言った。「わかった。もう答えなくていい。質問はしない。時間の無駄だ」

それから、テーブルの上に置かれたままになっていた風子の携帯電話を指差した。

「そいつに戻るよう、言え」

オールバックの表情が先程までの冷たいものにすっかり戻っていた。風子が黙っていると、両隣からほぼ同時にかちり、という特徴的な乾いた音が聞こえた。蛇と魚が上着の下で安全装置を外した音だとすぐにわかった。

「面倒なことをさせるなよ」と魚が言った。「早くやれ」

風子は黙ったまま動かなかった。

「もちろんここで引き金を引くような真似はしないさ」とオールバックが言った。

「だが、どうしても気が進まなくてここじゃあ連絡できないって言うなら、もっと静かで落ち着いた場所に一緒に来てもらわなくちゃならなくなるけどな」

風子は黙っていた。オールバックは溜め息をついて、風子の携帯電話を摑んでポケットにしまい、顎を動かした。魚が立ち上がり、建物から出て行った。そのあいだ、蛇はずっとこちらに身体を向けて風子を牽制していた。

およそ五分ほどして、先程の金髪が戻ってきた。オールバックが立ち上がり、続いて蛇が立ち上がった。

「立て」

風子も立ち上がった。オールバックが先を歩き、金髪と蛇に挟まれるようにして施設を出て、駐車場との間の歩行者用スペースを進むと、目の前に黒いランドクルーザーが停まっていた。

後部座席が開いた。まずオールバックが乗り込み、続いて風子が乗せられ、最後に蛇が乗った。ドアが閉まり、それを見届けてから金髪が助手席に乗り込んだ。

車が発進した。

「自分でつけたいか？　つけてほしいか？　どっちが趣味だ？」

蛇が下卑た笑いを浮かべながら青いタオルを掲げて言った。男たちが笑った。風子はそれを手に取ると、タオルの端を頭の後ろに回し、結んで目元を覆った。視界が暗くなった。

「積極的だねえ」と前のほうで声がした。金髪が言ったらしかった。

「着いてからが楽しみだ」

再び男たちが笑い合った。目を覆う間際、腕時計の盤面が目に入った。あと少しで午後四時になるところだった。余裕だったはずが、気づけばリミットまでおよそ半分が過ぎた。時間が気になったのはこの依頼を受けてから初めてのことだった。

「楽しもうぜ――時間はたっぷりある」

粘着質な声で、オールバックが言った。

6

車が停まったのは、サービスエリアを出てから四十五分ほど後だった。目元を覆ったタオルをむしり取るように外されてすぐに、腕時計の針を確認した。四時四十分を過ぎたところだった。

車から降ろされると、目の前にコンクリート造りの無機質な建物があった。三階建てでマッチ箱を立てたような形をしており、二階と三階に窓が二つずつあった。窓にはすべてブラインドが下ろされ、二階にだけ明かりが灯っていた。

周囲を見渡した。建物の隣には黒のランクルが二台停まっていた。人家や他に建物は一切なく、一面を林に囲まれ、まだ黄昏どきだというのにあたりは既に黒闇に覆われていた。車に乗っていたときに音と走る感触でわかってはいたが、地面はまったく舗装されておらず、砂利と土があるだけだった。おそらく静岡県内なのだろうが、ここがどのあたりなのか見当がつかなかった。

建物の入り口は両開きのガラス扉になっていた。金髪がそこまで行って暗証番号を打ち込んだ。見ると、きちんと監視カメラもついていた。年季を感じさせる建物だったが、セキュリティーはそれなりに備わっているようだった。

すぐに鍵が解かれる電子音がして、金髪が扉を開けた。魚か蛇のどちらかに背中を小突かれ、風子も暗い建物に入った。汗とカビが入り混じって染みついたような異臭が鼻を突いた。

一階は物置きとして使われているようで、大量の段ボール箱の山が奥のほうまで並んでいた。目の前の階段を上がり、二階に着くと病院の床のような素材の狭い廊下を進んだ。薄い灰色のペンキが塗られた金属扉が二つ並んでおり、金髪が手前の扉を開けた。

中は教室三つぶんくらいの広さで、窓が二つあった。どうやらフロアに部屋は一つだけらしい。

剝き出しで並んだ直管蛍光灯が青白く部屋を照らしていた。

壁と天井の境目あたりに、「極誠会」という筆字の大きな看板がかかっていた。それが唯一目を引く代物で、あとはスチール机とパイプ椅子が並ぶというよりは雑多に散らばり、小さなソファーセットと液晶テレビが申し訳程度に壁際に据え置かれてあるだけの殺伐とした部屋だった。

風子を連れてきた四人とは別に、六人の男がめいめい椅子に腰掛け、携帯をいじったり煙草を吸ったりしていた。風子が入ってくると、その一部が紫煙越しに興味深そうにじっと見て、それからまた携帯に目を戻したり、そのままこっちを見続けた。もしかして坊主頭がいないかと思ってざっと目を配ったが、あの男はいなかった。それから一人だけソファーに座っている男がいたが、壁のほうを向いていたので形のいい後頭部しか見えなかった。

風子は部屋の中心に置かれた椅子に座らされ、その前にオールバックが椅子を持ってきて腰掛けた。

テレビからは夕方のニュースが流れていた。アナウンサーが景気について話し、それから天気予報を伝えた。今夜は気温が急激に下がって冷え込むだろう、とのことだった。

「さて」と、オールバックが暑苦しい髪を揺らして言った。「ゆっくり話を続けるか。なあ？」

「ここ、あんたたちの隠れ家？　極誠会の運び屋組織だったんだ」

オールバックが唇を歪めて言った。

「いまさら戻りたいって言っても、もう遅えぞ」

「十人もいてセキュリティーもあってじゃ、逃げられないと思うけど。入り口のカメラはダミーだとしても」

オールバックが嘲るような冷たい笑みを浮かべた。

「馬鹿が。本物だ。わざわざチェックしてないだけだ、こんなとこ誰も来やしねえからな。それと断っておくが、おまえみたいな車に乗るしか能のない女一人のためにこれだけ数揃えたわけじゃねえぞ。近くのアジトに連れてきただけだ。勘違いすんな」

「わかってる」

「だいたい女ってのは乗るもんじゃねえ、乗られるもんだ。そこも履き違えんじゃねえ」

何度か言われたことのあるセリフなので面倒で黙っていると、効果があったと勘違いしたのか相手が満足そうな顔になって続けた。

「さあ言え——車はどこだ。おまえを雇った女とおまえが雇った殺し屋はどこにいる」

「なんで追ってるのか、教えてくれない？」

オールバックがソファーのほうをちらりと見て、それから目線を戻して言った。

「おまえらが運んでいるものを奪うためだよ」

「盗んだ薬？　そもそもあんたたちが運ぶのを断ったって話だけど」

「もう運ぶ気なんてねえ、寄越せって言ってんだ」

「できない」

オールバックが冷たく笑った。「だ、か、ら、こうしてるんだろうが？」

風子は溜め息混じりに言った。

「極誠会ってタチが悪いとは聞いてたけど、話どおりだね。一年前だっけ？　何月だったか忘れたけど、小池組を襲撃して結構死んだの。たしか五人？」

オールバックが顔をしかめた。「あ？」

「八月？　違う、六月か」

オールバックが近くにあったスチール机を思い切り蹴りつけた。側板が歪んで机が横倒しになり、耳障りな大きな音が部屋中に響いた。

「話、すり替えてんじゃねえ」

オールバックが立ち上がり、スマホを風子の顔ぎりぎりまで近づけて言った。

「かけろ」

「必要ない」

オールバックが風子の顔面をスマホで叩きつけ、座っていた椅子を蹴り上げた。

火花のようなものが目の中で散り、顔の左半分の感覚が一瞬無くなった。殴られた勢いと椅子が跳ねた反動で床に身体を打ちつけられ、電流を流されたように肩から腕にかけて激痛が走った。

「なめんなよ、おまえ？」

オールバックがしゃがみ込み、床に横たわっている風子のこめかみにオートマチックの銃口を押し当てた。顔が焼けるように熱く、皮肉にもその冷たさが心地よかった。

「わかってんだよ――おおかたてめえ自身もその薬使って、産んだガキを売り飛ばそうって腹だろ？　こっちはそんな女ばかり相手にしてるからよく知ってんだ」

「がき？」

風子の言葉を無視して、オールバックが愉快そうに続けた。

「男がいないおまえみたいなチンケな女でもそれができるんだから、たしかに便利なシロモノだよな」

「さっきからなんの話？」

オールバックの顔が歪んだ。「とぼけてんじゃねえ――」

拳銃を持った手が振り上げられた。思わず目を瞑った。

「俺にやらせてもらっていいですか」

暗闇の向こうから、そんな陳腐な言葉が聞こえた。金髪の声だとすぐにわかった。オールバックがそちらを見て、ちょっと考えるような間があってから、自分のことを忘れさせないかのように歯が折れそうなほど強く銃口を風子の頬に押し込んで立ち上がった。

かわりに金髪がにやにやしながらこっちに来た。それから男の割に赤みのある口唇を風子の耳元に近づけて言った。

「おまえさ、俺たちが脅すだけで何もしないと思ってるんじゃないの？　そんな甘くないぜ？　言うこと聞かなきゃおまえ、散々マワされてビデオも撮られて頭ぶち抜かれて終わりよ？　死んだ後もおまえが楽しんでる映像は残るんだぜ？」

「あんたも道具、持ってんの？」

「あ？」

「オートマチック？　下っ端は持たされてないか」

「てめえ――」

金髪が眉間に皺を寄せて風子の頭髪を摑み、顔を近づけて囁くように言葉を発した。

「イキがってないで仲間がどこにいるのか吐くか、さっさと呼び出しちゃえよ。殺し屋？　会ってみたいねえ。それとも今すぐ俺の、咥えるか？」

「おまえこそ人前で勃ちもしないくせに、なにイキがってんだよ」

誰かが言った。大きな笑いが起きた。金髪が顔を引き攣らせた。

「この前は初めてだったから……もうないですよ」

「だったらやってみせろよ」

からかうような口調に、金髪が顔を引き攣らせたままベルトに手をかけようとした。男の声が続いた。

「そのかわり、今回もてめえの赤ちゃんがよちよちハイハイしたままだったら、またヨウさんに面倒見てもらうからな」

金髪が息を呑み、部屋の右奥を向いた。タンクトップを着たスキンヘッドの大柄な男が、椅子に座ったまま品定めするような微笑みを浮かべてこちらを眺めていた。

うっすらと気色の悪い笑みを顔に貼りつけたままその男が立ち上がり、ゆっくりこちらにやってきた。金髪が僅かに後ずさり、タンクトップが風子のそばにしゃがみ込んだ。

「勘違いするなよ、お嬢さん。俺たちは男女差別はしないんだ。あんたが男でも同じようにきちんとやるし、なんなら俺はそっちのほうが燃えるんだよ。肉づきのいい若い男が好みだ」

そう言うと、タンクトップが風子の顔を覗き込むようにして顔を近づけ、ぱかっと口を大きく開けた。それから真っ赤な長い舌を突き出し、頬をなぞるようにしてゆっくりと舌を這わせた。生温かさと妙に甘ったるい匂いのする息が最高に気分が悪かった。

「不味い」と男が吐き捨てるように顔をしかめた。「おまえみたいな痩せっぽちの小娘は一番駄目だ。乳臭いし、塩味と苦味が足りない。まだこっちのほうがいい」

タンクトップが金髪の股間を鷲摑みにした。金髪が声にならない悲鳴を上げ、周りの男たちが大きな声で笑った。

「全然元気がないじゃないか、マサト」と、タンクトップが金髪の股間を揉みしだきながら言った。「大丈夫か？　また前みたいに俺が可愛がってやらないと、駄目か？」

「大丈夫ですよ」と金髪が震えた声を隠しきれずに言った。「これからこいつ、やりますから……」

タンクトップが冷たく笑った。「そうだな、順番があるよな。まずはこの女。それからおまえ」

「違う、俺は……」

金髪が懇願するように声に出した。タンクトップが笑って遮った。

「わかってるよ、おまえの息子が頑張れなかったときだけだ。安心しろ。そう俺を嫌うなよ」

再び部屋の中で笑いが起きた。金髪も顔を引き攣らせながら無理に作り笑いを浮かべた。

「そういうわけでお嬢さん。こいつに協力してやってくれ。尻が痛くて泣きながらトイレにこもってたらしいから。まあ、俺のがちょっと規格外に過ぎるってのもあるんだが」

「あんたの得物《えもの》はリボルバーなんだ。そんな薄っぺらいタンクトップ一枚じゃ隠せないんじゃない？」

大男の腰で鈍い光を放つ回転弾倉に目をやって、風子が言った。

タンクトップが冷たい目で風子を見下ろし、それから嘲るように鼻を鳴らした。

「――さっきからこの女は何なんだ？　女で運び屋のうえに、ガンオタクか？」

「マサト、これだけ欲しがってるんだから、さっさとおまえのオ、ー、ト、マ、チ、ッ、クをぶちこんでやれ」

下卑た笑いが起きた。金髪が口元を歪め、ベルトに手をかけた。

「待て」

ソファーのほうからだった。頭を動かして目を向けると、壁を向いて座っていた男がソファーから立ち上がり、こっちに身体を向けた。

背丈は百七十五から八十の間くらい、痩せても筋肉質でもなかったが、引き締まった身体をしていた。面長で彫りが深く、どこか東洋人離れした顔つきだった。淡いストライプの入ったグレーのスーツに身を包み、ノータイで深紅色のシャツを着て、大きな金時計を左腕に嵌めていた。

男が静かにこちらに向かって歩いてくると、オールバックが椅子から慌てて腰を上げた。周りにいる男たちも緊張を漂わせ、タンクトップも金髪も直立不動のような姿勢で男の様子をじっと見つめていた。

男は風子のそばで立ち止まると、見下ろして言った。

「引っかかる——この女がカメラみたいな妙な特技を持っているのは聞いたことがあるが、さっきから『十人いる』だの『リボルバー』だの『タンクトップ』だの、目についたものをいちいち口に出すのもそれと関係があるのか?」

「……どういうことです?」オールバックが怪訝そうに返した。

風子は自分を見下ろしている男を見上げて言った。

「やっぱりあんたが頭だったんだ。そうかなとは思ってた」

「なぜ?」男が静かな声で言った。

「そのオールバックが確認を取るみたいに時々あんたのほうを見てたし、雰囲気が一番偉そうだったから」

男が僅かに口角を上げた。

「だてに、餓鬼の頃からこっち側の空気は吸ってないってわけか」

「そのグレーのスーツも高いんじゃないの? 血みたいな赤いシャツも、趣味の悪い金時計も」

瞬間、男の口元から淡い笑みが消え、顔が険しくなった。

「そいつの身体、調べたんだろうな？」男が威圧感のある、重たく低い声で言った。

「それはこれから……」金髪が掠れた声を出した。

「そういう意味じゃねえ。どうなんだ？」

男が凄みを増した声で金髪を撥《は》ねつけ、オールバックを睨みつけた。

「……持っているものは出させました。携帯も道具も」絞り出すようにそう言い、オールバックがまるで証拠を見せるかのように風子のスマホを男に向かって掲げた。

「調べてねえのか？」

男がそれを無視して言った。オールバックが黙った。

男が屈み込み、風子の身体を探っていった。やがてその手が足元に来て、右足の裾を捲り上げると、レッグホルダーに収まったスマートフォンを摑んだ。

ずっと気がかりではあったが、画面はちゃんと「通話中」になっていた。

オールバックが息を呑んだのがわかった。

「ヘマしやがって。馬鹿が」

吐き捨てるように男が言って通話解除ボタンを押し、スマホを床に放った。

「このアマ——やけによく喋ると思ったら——」オールバックが風子を睨みつけた。

「あんたが言った、正直に答えろって——だから答えた。スペアを用意できるものはいつもそうしてるって」

オールバックが燃えるような怒りを目に込めた。

「ここのことも俺たちのことも、全部筒抜けってことか——」タンクトップが腰からリボルバーを取り出し、安全装置を外した。「そのヒットマンに」

「それも言った。あんたたちは電話しろってしつこかったけど、必要ないって」

オールバックが地面を踏み締めるようにして近づいてきて、右足を上げた。瞬間、風子は覚悟を決めて身を屈めた。

頭を守ったら、違った。腹を蹴り上げられた。激しい痛みとともに胃酸が一気に喉元まで上がってきて、それをなんとか押し留めた。勝手に目に涙が溜まってきた。泣いていると思われるのが癪で、目を瞑って堪えた。

「このクソアマ――」

オールバックが怒声を上げ、男たちの太い声が続いた。

「こっちの装備も報告してたってわけか」

「ここは？」

「携帯のGPSでばれんだろ」

「もう来てんのか、向かってんのか――わからねえな。どうする？」

金髪の声がした。「情報が割れても大丈夫じゃないですか？　だってそいつ一人なんですよね？　こっちはこれだけいるじゃないですか」

「人数集めてくるかもしれねえだろ」

「でもこの女、人質にすれば……」

「人質になんのかよ？　そいつがよ」

「……そ、それにセキュリティーがあるから入ってこれないし、入り口の扉、アメリカの防弾規格とかの特殊ガラスなんですよね？」

　金髪の主張したセキュリティー安全論には異論が出ず、沈黙が下りた。でも短かった。リーダー格の男が口を開いた。

「おい――」

　全員がそっちを見た。

「ここに来てすぐ、こいつ、わけわからないこと言ってたな？　一年前の襲撃がどうとか」

　沈黙が続いた。男も続けた。

「たしか、八月と――あと何人死んだとか言ってたな。六……違う、はっきり覚えてる奴」

　男が周囲を見渡した。誰も何も言わなかった。男が舌打ちし、言った。

「セキュリティーの暗証番号、いくつだ？」

「１５８６、です――」

　金髪がおどおどと口にし、その場にいる全員がはっと息を呑んだ。

「一年、五人、八月、六月か」男が呟くように言った。「――やってくれるな、小娘」

　突然、オールバックが足を振り上げた。憤怒の形相が一瞬目に入った。それから防御をする間もなく、今度は顔を踏みつけられ、床に頭を打ちつけた。鉛が振動するような重たく鈍い痛みが脳髄の奥を通り抜け、視界がぼやけ、気が遠のいた。そのまま意識を失うと思った瞬間、突如部屋が暗闇に包まれた。

　意識を失ったんだと思った。それからそれはおかしいことに気づいた。もしそうなら、男たちの慌てふためく声が聞こえるのはなぜだろう？

扉が開く音がした。正確には、した気がした。

暗闇の中で耳をつんざくような銃声が轟き、男たちの怒号と叫び声がして、そのあと再び銃声がこだました。椅子や机がぶつかる音が何度もして、何人もの人間が動き回る足音や、物が床と激しく擦れる音が直接脳に響いた。

そして、突然また明るくなった。

眩しさに一瞬目を瞑り、再び目を開けると、スキンヘッドの男が顔に苦悶の表情を浮かべながら床にうずくまってるのが目に入った。真っ白なタンクトップの腹部が赤黒く染まっていた。先のほうに薬莢が転がっているのも見えた。

目線を上げると、男たちが子供がする遊びのように身体を硬直させ、一様に同じ方向を向いていた。そちらに目をやると、リーダー格の男が胸の高さに両手を上げ、そのすぐ背後で仁がスミス&ウェッソンを向けていた。

「武器を置くよう言え」仁が言った。

「置け」

男が言い、銃を持っていた人間がそれに従った。オールバックも蛇も魚もそうした。

「夜目が利くみたいだな」

「訓練すれば誰でもそうなる」

男の言葉に仁が返し、風子に言った。

「名前を言え」

よくわからなかったが従い、タツヒコが遺したそれを口にした。

仁が続けた。

「年齢」

「十七」

「職業」

「運び屋」

「ここはどこだ？」

「極誠会のアジト」

「大丈夫そうだな。ゆっくり身体を起こせ」

そうした。頭が重たく感じ、痛みが響いた。吐き気を感じたが、堪えた。

「歩けるか？」

ゆっくりと立ち上がって、それを確かめてから、頷いた。

「運転は」

「大丈夫、だと思う」

「じゃあ行こう」仁が言った。それから男たちを見回した。

「言わなくてもわかるだろうが、一応言う。動くな」

男たちは同じ体勢のまま黙って仁を睨みつけていた。

「これもわかってるだろうが、あんたにも来てもらうよ」

仁がリーダー格の男に言った。男は返事をしなかった。特に抗う気もないようだった。

「こっちとそっちの車の鍵。それと携帯と道具。出して全部、そこに置け」

仁が言い、オールバックが風子の携帯電話とナイフとフォレスターの鍵を仁が示したあたりの床に置き、蛇がその隣にもう一つ車の鍵を置いた。

「どの車だ？」仁が言った。

「……黒のランクル」ややあって、蛇が答えた。

仁がリーダー格の男の後頭部に銃口を押しつけた。

「そんなことはわかってる。何を聞いてるかわかるだろ？　二度ととぼけるな」

「××－73」今度はすぐに蛇が答えた。

「他に二台あるだろ。それも出せ」

別の二人の男がそれぞれ鍵を出して床に放った。風子は男たちの姿を視野におさめながら慎重に歩を進め、すべてを拾い上げてスタジャンのポケットにしまった。

それを確認すると、仁が銃口を押し当てたままリーダー格の男の腕を摑んで後ずさり、ゆっくりと部屋を出た。風子も続いた。

後ろ向きに廊下を進んで階段を下りた。扉を出ると、建物の前に停まっている車へと走った。鍵を開け、後部座席に男を座らせ、隣に仁が座った。風子はエンジンをかけた。

建物のほうに目をやると、男たちが二階の窓からこちらを見ろしていた。オールバックが左手の中指を立てて風子に向けた。風子はそれを無視してシフトレバーを入れ、ペダルを踏み込んだ。タイヤと砂利が擦れる音がして、車が動き出した。

時計を見た。午後七時二十分だった。

7

しばらく道なりに山道を進んだ。

明かりらしきものはまったく見当たらなかった。ヘッドライトの閃光だけが濃密な暗闇に白く浮かび上がり、アスファルトの舗装と周囲の木立を鈍く照らした。

ナビで確認すると、現在地は道も存在しない山中のど真ん中になっていた。地図にも表示されないような相当な辺地にいるらしい。

縮尺を小さくして俯瞰にすると、沼津と三島の間くらいの位置だった。先程入った富士川サービスエリアからは三十キロほど東。ずいぶんとまた逆戻りしてしまったようだった。これほど道程を行きつ戻りつしたことはかつてなかった。思わず息が漏れた。

頭の痛みはまだ奥のほうに鈍く残り、顔は焼けるように火照って、胃の下あたりが強く痛んだ。口の中も血の味で充満していた。依頼を受けたときに覚えた嫌な感覚はやはり当たっていたらしい。経験上、悪い予感ほどよく当たった。

「そいつを下ろせよ。ここで暴れると思うか？」

しばらくして、男が皮肉を込めた口調で言った。後部座席では仁が男に銃口を向けていた。

仁は姿勢を変えなかった。男も小さく鼻を鳴らしただけで、それ以上何も言わなかった。

「何から聞く？」仁が言った。

「名前」喋ると、口の中が痛んだ。

「さっきこいつの所持品を確認するときに免許証を見た。タチバナ。柑橘の橘」

「極誠会の構成員？」切れている箇所を舌で探りながら、聞いた。

「フロント企業を取り仕切ってる」橘が答えた。

「電話かけてきたボーイ、あんたの犬？」

「犬より使えなかったがな」

「なんのため」

「言うほどじゃない。同業他社の動向を探るって程度で置いてた。まあ大仰に言えば産業スパイか。おまえのところだけじゃない。他の組織にも送り込んである」

「社長は？　今もかけたけど繋がらない。何したの」

「何もしちゃいないさ。昼間からバカラにご執心だと聞いているがな」

たしかに社長は博打好きで、新宿や六本木の違法賭博場によく足を運んでいた。そういった場所は携帯電話の電源は切らされることが多い。繋がらなくても不自然ではない。

「本当なら闇医者の近くで捕まえるつもりが、おまえがゴキブリ並みなもんで予定が狂った。それで、おまえの上司が賭博場に入って連絡つかなくなるのを見計らってサービスエリアに誘《おび》き寄せた。お友達が一緒だったのは想定外だったがな」

「携帯を通して聞こえてた話じゃ、荷物を奪うつもりだったらしいな」そのお友達が言った。

「がんの薬なんてどうするつもりだよ？　おまえのところのカシラが酒で肝臓でもやられてへ

ばってんのか？」

「あ？」

不自然な沈黙が下りた。やがて、橘が口元に冷たい笑みを浮かべて言った。

「……そうか、おまえら、あれが何か知らないいんだな」

「なに？」

仁が怪訝そうに返すと、橘がおかしそうに笑った。

「これだけ身削って運んでるのに、それが何か教えてもらってないとはな。ずいぶんとピエロじゃねえか」

「なんのことだ？　言え」

「自分で聞けよ。依頼受けてんのはてめえらだろ」

「言えって言ってるんだよ、俺は」

「滑稽だな。堅気に相手してもらえないからって、ヤクザ問いただすなんてよ」

仁が銃口を橘の首に押しつけた。

「自分の立場、わかってるか？」

「なんで知ってるかだけ教えてやるよ。事件が発覚してから研究所の周囲を皮切りに、幹線道路から最寄りのインターまで警官でぎっちりだ。こりゃなんかあると思ってな、付き合いのある代議士に探らせて情報を摑んだ。当事者で知らないのはおまえたちだけだ、めでたいな」

橘が嘲るように言い捨てた。しばし沈黙が続いたあと、風子が口を開いた。

「発信機は新宿で付けたの？」

「発信機？」

「とぼけるな」仁が睨んだ。

「知らねえよ。そっちこそなに言ってんだ」

ミラー越しに橘と目が合った。嘘をついているようには見えなかった。そして、偽ったところで意味がないこともこの男はわかっているはずだった。

「あんたたち、どこからこっちを追ってた？」風子が言った。

「言っただろ、闇医者のところだよ」

「事務所の近くで張って、新宿から一緒について来たんじゃないの」

「あ？」橘が眉間に皺を寄せた。

「湯河原に行くことはどうしてわかった？」質問を変えた。

「犬の報告だよ。事務所に来たとき、依頼主の女が足を怪我してるみたいだったってな。それでとりあえずあの闇医者に連絡しておいて、駄目もとで部下を向かわせた」

再びミラー越しに目が合った。やはり嘘をついているようには見えなかった。

それから沈黙が続いた。樹海に囲まれた狭く細い山道を十分ほど走り、多少道幅のある一般道に出た。場所と時間のためか、車の往来はまったく無かった。

仁の指示で、少し先の路肩に車を停めた。

「降りろ」

仁が銃口を向けたまま言った。嘲笑じみたものを口元に浮かべて黙ってドアを開け、それに従った。

仁が橘の足元に携帯電話を放った。

「返してやるよ。お仲間に迎えに来てもらえ」

橘が仁を冷たく見据えたまま、静かに言った。

「殺し屋。俺に道具向けたこと忘れんなよ」

「安心しろよ。生かしてやったやつの顔は全部覚えてる」

橘が冷たく笑い、今度は風子に顔を向けた。

「諏訪まではまだある——また会おうぜ」

「これ、いい車だよ。もっと大切に乗ったら？」

橘はわずかに唇を歪めただけだった。

扉を閉め、車を出した。暗闇の中でこちらをじっと見続けている男の姿がミラーにいつまでも映っていた。


車が置いてあるという沼津の市街地に向かって急いだ。万一を考慮して、人目につく繁華街路上のパーキングメーターに駐車したということだった。

「遅くなって悪かった——あの先生を乗せた車で行くわけにはいかないから沼津からタクシーで向かったんだけど、アジト近辺は地図に道もないような場所だったから、運転手も散々迷ったんだ。こんなところ初めて通るって何度もぼやいてたよ——それからブレーカーの場所が見つからなかった。たぶん一階の荷物の山に隠れてたんだろうけど、探すのに手間取りそうだったし気づかれる可能性があったから、結局電線を遮断した」

「自然に電気ついたの、自家発電装置？」

仁が頷いた。

「屋根に結構ちゃんとしたソーラーパネルがあった。ヤクザも生き残るために必死だよ」

仁が風子の顔に目をやった。

「その顔、腫れが引いてから真っ黒になると思うぜ」

「たぶんね」これからしばらく、ミラーに目をやる度に人相の悪い女が挨拶するだろう。

「しかしおまえ、厄介な依頼受けたな」

「慣れてる。社長は面倒な案件、よく私に回すから」

仁が小さく笑った。それからしばし間があり、仁が言った。

「謎が残ったな」

「新宿からついて来たの、あいつらじゃなかった」

「発信機を取り付けたのもな」

風子は頷いた。

「嘘は言ってないと、俺は思う」

「私もそう感じた」

「坊主頭か？」

「可能性はある」

「そうなるよな。じゃあ目的はなんだよ？　極誠会と同じようにあの薬の正体を知っていて、それを狙ってるってことか？」

「わからない。ただ、坊主頭が言ってた安東会っていうのが本当かどうかは別にして、運び屋組織ではないと思う」

仁がこっちを見た。

「なぜそう思う?」

「新宿からついて来たのは暗い色のセダンだったけど、それがずっと疑問だった。運び屋はセダンはまず使わない。積み荷を運ぶのには適してないから」

「なるほどな」仁が続けた。「でも、俺も一つ疑問が解けたかもしれない」

今度は風子が仁を横目で見た。

「警察の動きだよ。凶悪殺人事件でもないのに、窃盗で指名手配なんて変だと思ってた。でも、盗み出されたものが治療薬なんかではなくて、人命を危険に晒したり、社会を脅かすようなものなら話は違う。たとえば、新種のウイルスとか」

「ウイルス」

「たとえだよ。要は、社会を騒がすくらいの価値を持った代物かもしれないってことだ。だから極誠会の連中も奪おうとした」

オールバックの言葉を思い出した。現実離れした代物、と口にした。仁の言うこととずれてはいない。一方で、不可思議な台詞も吐いた。産まれた子供がどう、とか。あれはどういう意味だったのだろうか。

考えていると、仁が言った。

「とにかく本当のことを聞き出さないと始まらない。そうだろ?」

風子は黙って頷いた。

沼津の繁華街に着いたのは、アジトを出てから三十分ほどあとだった。

フォレスターが停められた路肩のはす向かいにパチンコ店があったので、そこに入った。郊外でよく見かける大型店で、駐車場はゆうに百台は収容できる広さだった。その半分ほどが埋まっていた。

「この車はどうする？」

「ここに置いていく。そのうち店が警察に連絡すると思う」

駐車場の端にランクルを停め、車を降りた。それからフォレスターのもとへ向かった。ドアを開けると、志麻はヘッドレストに頭をもたせかけて目を瞑っていた。眠れはしなかっただろうが、微睡《まどろ》んでいたのかもしれない。

志麻が身体を起こした。

「問題はなかった？」風子が言った。

「ええ――」志麻が風子の顔を見て、眉根に大きく皺を寄せた。「その顔」

「たいしたことない」

「たいしたことないって……」

「気の毒に思うなら、本当のところを教えてくれないか？」

仁の言葉に、志麻の顔に警戒の色が滲んだ。

「俺たちが運んでいるのはがんの薬なんかじゃない。それどころか、危険で社会を騒がすようなものだ。違うか？」

仁が志麻の足元にある保冷ケースを指差して言った。志麻は顔を強張らせたまま黙っていた。

しばらく重たい沈黙が続いた。パチンコ店からこぼれ出た機械音が風子たちのまわりを流れた。

「危険、ね」志麻が口を開いた。

「違うのか」

「少なくとも、社会を騒がすという点ではそのとおりかもしれない」

仁が眉根を寄せた。

志麻が時計に目をやって、言った。

「走りながら話す。それでもいい？」

言葉に焦りの色が滲んでいた。時間を気にし始めたのだろう。風子は運転席に乗り込み、座席位置やミラーの角度を調整して、エンジンをかけた。

ミラーに目をやった。志麻がまっすぐこちらを見つめていた。静かで、微かに揺らぎ、同時に、覚悟のような鋭さを感じさせる眼差しだった。

志麻の言う意味はわからない。でもはっきりと感じた。自分たちが運んでいるものは、ウイルスとか病気を治す薬とか、そんな善悪がわかりやすいものじゃない。

志麻の澄んだ声が、耳に届いた。

「〝MARIA〟——世界を変えるかもしれないものなのよ」

8

予定していたとおり清水で中部横断自動車道に乗り換えるために、沼津から新東名高速道路に乗って西へと走った。時刻は八時を回り、夜闇に車の灯火が間隔を置いて動いていた。交通量はさほど多くなく、道はスムーズで走りやすかった。

車に乗ってからずっと暗い窓外を眺めていた志麻が口を開いた。

「マリアの処女懐胎を知ってる?」

風子はミラーに目をやり、それから仁に知らない、という目線を送った。仁が答えた。

「おおまかに。行為を経ていないマリアがある日突然『あなたは子供を身籠りました』って天使だかに告知される。それで誕生したのがイエス・キリスト」

「そう。性行為も受精もなくして女性が身体に生命を宿す――科学的には考えられない。ゆえに神話ね」

「だから?」

「それが、神話ではなくなるとしたら?」

しばし沈黙が生まれた。仁が言った。

「――あんたの足元にあるものが、それを可能にするってことか?」

　志麻が小さく息を吸い、話を始めた。

「そもそも生殖には無性生殖と有性生殖がある。無性生殖というのはいわゆるクローン。性別を持たない個体が細胞分裂などで新しい個体を増殖する」

「アメーバとか？」

「そう。それに対して有性生殖は異なる性を持つ生物が交配して繁殖する。一括りにはできないけれど、要は雄《オス》と雌《メス》。その有性生殖生物が単独の性によって個体を増やすことを『単為生殖』と言うの。雄単体でも起こりうるけど、通常は雌の持つ卵子が受精せずに新しい個体が生まれることを指す。ゆえに別名、処女生殖とも言う」

「つまり、処女懐胎？」と、仁が言った。

　志麻が頷いた。

「でも、卵子だけで新しい生命が生まれる理屈がわからない」

「細胞が二つに分かれる細胞分裂のうち、生殖細胞が形成されるときの分裂を〈減数分裂〉と言うのだけれど、精子は同じものが二つ出来るのに対して、卵子の場合は分裂したうちの一つしか卵子にはならずに、もう片方は『極体』と呼ばれる小さな細胞になる。そして、元来雌の体内に備わっているその極体と卵子が融合することで生命が誕生するのが、単為生殖のケースの一つ」

「たいしたものだな」と仁が言って、黙って話を聞いていた風子に顔を向けた。「話、わかってるか」

「なんとなく」

志麻が続けた。

「現在、単為生殖が確認されている動物の多くは、ハチやアリなどの小型の無脊椎動物。彼らは通常の有性生殖と単為生殖を切り替えることができる。脊椎動物では主に魚や爬虫類ね。複雑な構造を持つ脊椎動物は、遺伝的多様性などの理由から進化の過程で単為生殖が行われなくなったと考えられているけど、実際に、雌のサメやワニが雄がまったくいない環境下で子供を産むケースがいくつか確認されている。哺乳類では、マウスなどで卵子の遺伝子を操作して単為生殖を誘発した実例はあるけれど、自然界では確認されていない」

「哺乳類で無い理由は？」

「哺乳類のような高度に発達した生物には、〈ゲノムインプリンティング〉という、どちらの親のものが発現するかがあらかじめ決まっている特定の遺伝子があるの。ゆえに、片方の性だけだと発現しない遺伝子が生じてしまうから単為生殖が制限されると考えられているわけ――でも、単為生殖が生物の構造がもっと単純だった時代から存在し、我々哺乳類を含む脊椎動物にそのシステムが残されているのだとすれば、人間にも単為生殖を可能にする遺伝子が受け継がれているのではないか、と私は考えた」

「それが可能になったって言うのか？」

志麻が息を継ぎ、言った。

「とある遺伝子組み換えタンパク質が、その遺伝子を目覚めさせることを突き止めたの。覚醒した遺伝子を持つ細胞が極体を刺激するホルモンを分泌し、卵子との融合を促す――それを可能にしたバイオ医薬が、〝ＭＡＲＩＡ〟」

「実際に試したのか」

「試験管内試験や動物実験の非臨床試験では何度か成功した。これから臨床試験という段階だった」

「もし人体に投与してうまくいけば、処女懐胎が可能に？」

「そう、私は信じてる」

仁が大きく息をついた。

「驚いたね――でもあんたが言ったように、人間は多様性を確保するために有性生殖を選んできたんだろ？　単為生殖で生まれた子供はどうなるんだ」

「遺伝子が組み換わるからクローンというわけではないけれど、母親のみの遺伝子を受け継ぐという意味では、たしかに変化は少ない」

「性別はどうなる？」

「人間は女性がＸ染色体のみを持ち、男性がＸ染色体とＹ染色体の両方を持っていて、受精の際に精子がＸとＹのどちらを持っているかで子供の性別が決まるわけだけど、単為生殖で生まれた子供の場合はＸ染色体しか持たないから全て女性になるでしょうね。これは動物によって違って、例えば鳥やヘビは雌が二種類の染色体を持つから単為生殖でも雄が誕生する可能性がある」

仁がしばし沈思黙考したのち、言った。

「……あんたの話を総合するとさ、多様性うんぬんを別にすれば、その薬を使えば女が身一つで子供を産むことができて、かつ、その子供も全て女になって、また一人で女を産んでって続いていくとすると――極端な話、男は必要ないってことにもならないか」

「あるいは」志麻が静かに答えた。

「すごい話だな」仁が嘆息しつつ、言った。「極論はともかく、お国がこの研究に目の色変えるのも頷けるよ。たしかに社会を騒がしかねない代物だ」

志麻が頷いて、続いた。

「遺伝子操作や子宮への移植などの人為的処置が必要なく、恋愛や婚姻といった男女間の様々な要件に左右されずに生命を誕生させることができて、さらに、生まれた女と男が子供を作れば男も増加する――うまく利用できれば人口減少社会の国難を克服して、国力を強固なものにできる可能性だって秘めている。一方で、新しい選択肢が生まれることで、いま以上に結婚や出産の機会が失われる可能性があるし、家族や社会の在り方自体を全てひっくり返してしまうことにもなりかねない」

「どちらに転ぶかで天と地だな」

「功罪は百も承知よ。科学の進歩は常にそういった危険性を孕《はら》んでいる」

志麻が言い、続けた。

「それに、うまく利用できればと言ったように、社会制度の整備や施策なくして生殖や保育の問題は解決できない。懐胎によって女性だけに大きな負荷がかかるという事実は揺るがないし、子を持つ意思を持てるか、育児が可能かどうかは社会環境に大きく依拠する。科学が変革の可能性をもたらすとしても、それだけでは不十分なのよ」

「そもそも、なんでそんな研究をしようと思ったんだよ」

「元々は抗体医薬や細胞治療の研究をしていたの。そんなときに、極体に変化を及ぼす現象を偶然見つけてね、今の研究が始まった。奇跡としか言いようのない発見だったわ」

「本当に薬を売るつもりなの？」風子が言った。

志麻が首を振った。

「いいえ――あなたは訝しんでるかもしれないと思ってはいたけど」

「じゃあ、なぜ持ち出したんだ？」

志麻が息をついて、言った。

「研究のことを知った政府が、これまでの実験データや原薬とともに国に引き渡すよう要求してきたの。多額の譲渡金と引き換えに上層部がそれを承諾してしまった。でも、たとえ法を犯すことになっても、これまで人生を懸けて取り組んできたものを欲しいから寄越せと言われて、はいそうですかと渡すことは私にはできない。それに、政府の好きにさせれば既得権益者たちの都合のいいように利用されることは目に見えている。人身売買といったことが秘密裏に横行することだって十分あり得てしまう」

「でもお尋ね者になったら、あんただって研究を続けられないだろう？」

「研究助成事業を手がけている欧州の財団と既に契約の話をつけているわ。むこうは先進的な基礎研究や研究者に出資したり支援する民間基金の仕組みが進んでいるの。研究成果の利用には私の認可が必要だという条件も入っている」

「取引相手というのは、その財団のことか」

「ええ。諏訪で落ち合ってから一緒に国外へ出る手筈になってる」

「どうして諏訪なんだ？」

「その財団の設立者はユダヤ系の資産家なんだけど、非公表の財団支部が諏訪にあるらしいのよ」

仁が怪訝そうに眉根を寄せた。

「支部の場所とユダヤに、なんの関係があるんだよ」

「諏訪は、ユダヤと縁深い場所なのよ」

志麻が喋り始めた。

「太古の昔、古代ユダヤ人たちが極東にある日本まで渡り、諏訪の地で共生していた可能性があるの。実際に、旧約聖書に出てくるエピソードや古代イスラエルの信仰が、諏訪に伝わる神事や風習と酷似していたり、はるか遠く離れて言語が異なるにもかかわらず、地名にまで共通点や類似性が見受けられる。それに、諏訪は縄文遺跡が数多く見つかっている地域で、当時は全国で最も人口密度が高かったとされる土地なのよ。人間が集っている場所に来訪者が身を寄せるのは、至極当然の因果と言える」

息をついて、志麻が続けた。

「そういった背景があって、一部のユダヤ人にとって諏訪は特別な場所らしいわ。歴史が物語っているように、彼らは〝土地〟というものに対してひとかたならぬ執心があるしね――そもそも財団が〝ＭＡＲＩＡ〟に興味を持ったのも、その設立者の意向に依るところが大きいのよ」

「なるほどね——でも、諏訪からどうやって国外に出るつもりなんだ？」

「能登の漁港から密航船に乗り込む計画なのよ。諏訪は、東京と北陸のちょうど間に位置しているから都合がよかった」

仁が納得したように頷いた。

「たしかに北陸や山陰地方の港は密航でよく使われるしな。中南米船籍の貨物船まであると聞く」

「外国なら捕まらずに研究を続けられるの」風子が疑問を口にした。

「日本はアメリカと韓国としか犯罪人引渡し条約を結んでいないから、それ以外の国での犯罪者の引き渡しは原則任意。そんな有益かつ、危険な研究なら自国で抱えたほうがいいと考えるところがあってもおかしくはないよ。政府や極誠会が奪おうとする理由もよくわかった」

「その暴力団は、どうやって薬のことを知ったの？」志麻が当惑げな表情を浮かべて言った。

「繋がりのある政治家に探らせたらしい」

「奪ってどうするつもり？」

「政府と裏取引するつもりかもしれないし、あるいは他国に売りつけることだってあり得る。パイプは沢山あるから」

「その薬のことは誰が知ってるの」風子が言った。

「研究所の人間しか知らないわ」

「政府はどうやって知ったんだ」

「研究員がリークしたのだと思う。当然と言えば当然だけど、この研究のことをよく思っていない人間も少なからずいたから」

そこで話が途切れ、仁が車内時計に目をやった。

「諏訪までどれくらいだ？」

「約二時間」風子が答えた。

「長く見積もっても到着予定は十一時か。これ以上何も起こらなければ、じゅうぶん間に合うな」

風子がミラー越しに言った。

「まだ近くってわけじゃないけど、諏訪のどこに行くのかそろそろ教えてくれない？」

「諏訪湖」志麻が答えた。

「湖？」

志麻が頷いた。「その湖岸にある公園で待ち合わせている」

「明日の五時に相手が来るのか？」

「六時。これで私のほうが遅れるわけにはいかないから、一時間早くリミットを伝えたの」

「着いて、それまでどうするつもりだ？」

「付近にあるセルフチェックインのビジネスホテルをおさえてある。予定では今朝到着するはずだったから」

仁が頷き、それからしばらく車内に静寂が訪れた。交通量の少ない道路を走っていると、志麻が口を開いた。

「次のパーキングかサービスエリアで停めてもらえる？」

風子はミラーに目を向けた。

「どうして」

「トイレに行きたい」

黙っていると、志麻が続けた。

「ずっと我慢していたけれど、限界に近い。それに、月のものもあるのよ」

指名手配を受けている状況で人目にはつきたくなかったし、携帯トイレの用意もあったが、「月のもの」となればそうもいかなかった。

仁は前方を見たまままずっと黙っていた。そっちで判断してくれ、という意思表示だった。

「わかった」

清水パーキングエリアに入り、空いている駐車スペースに車を停めた。

夜の九時前だったが、中部横断自動車道へ乗り継ぐ手前のパーキングエリアとあって混雑していた。駐車場は普通車用も大型車用もほとんどが埋まり、観光バスも何台か停まっているためか、施設の周辺は少なくない人々で賑わっていた。風子と仁は駐車場に警察車両が無いことを確認し、制服警官の姿が見当たらないことを確かめた。

それを終えると仁が車から降り、もう一度あたりを窺ってから施設内を確認しに行った。戻ってきた仁が車の窓を軽く叩き、前回と同じように志麻はサングラスをかけ、ポーチを持って車から出た。それから二人で施設の建物へ向かった。

二人の姿が見えなくなると、風子は顔に手をやった。刺すような痛みが走り、すぐに手を引っ込めた。頭の痛みは大方引いていたが、腹部はずっと鈍痛が続いていた。顔は見たくもなかった。

常備の薬箱から軟膏を取り出して塗ってから、未《いま》だ折り返しのない社長に電話した。「なんだ」繋がるやいなや、苛立った声が聞こえてきた。博打で負けたときはいつもそうなので、すぐにそれとわかった。眉間の皺は頭骨に達するほどだろう。

「何度かかけたんだけど」

「知ってるよ。だから、なんだ？」

ことの顚末を話した。

「——あの野郎、極誠会の犬だったのか」社長の苛立ちが倍増した。「戻ってきたらいなくなってたのは、そういうことかよ」

姿をくらませたらしい。役に立たなかったために家にも戻れないだろうから、しばらくは野良犬になるしかないだろう。

「いまどこだ」

「清水」

どんなそしりを受けるかと思ったら、風子に聞こえるように大きく溜め息をついただけだった。賭博で昼から熱を持ち過ぎたあまり、頭が回らないのだろう。それもいつものことだった。

「そういや、とんでもないことになってんな」社長が言った。

「指名手配？」

「もそうだが、親のほうだよ」

「親？」

「知らねえのか」

すぐに社長からメッセージが届いた。URLのリンクが貼られていたので、それを開いた。ネットニュースの記事だった。捜査に新しい動きでもあったのかと思い、目を走らせた。警察の動向や捜査に進捗があったわけではなかった。だが大きな事実を知らされた。

風子は身体が硬直したように画面に目を落とした状態でしばらくじっとしていたのち、思わず息を吐いて、それから静かに携帯を置いた。

十分ほどして二人が戻ってきた。すぐに車を出して再び高速を走り、新清水ジャンクションから中部地方を縦に走る中部横断自動車道へ入った。ここから中央道へと乗り継ぐために山梨県を北上することになる。

対向車線との間にポールが設置されただけの対面通行式の道路をしばらく走ってから、黙って仁に携帯を渡した。

仁が画面に目を向けた。すぐにその顔つきが変わった。

「どうしたの」

急に車内を覆った重苦しい空気に、志麻が緊張を含んだ声で言った。それでも二人ともしばらく黙っていたが、やがて仁が志麻にスマホを渡した。すぐに志麻が食い入るように画面に目を落とした。

志麻の母親が自宅で首を吊った、という報道だった。

発見されたのは、今日午前二時頃。寝室のクローゼットで首を括っている状態だったのを、事情聴取のために実家を訪れた警察官と応対した父親が見つけ、区内の病院に救急搬送したということだった。生死は不明。警察や病院関係者も明らかにしていないという。

現時点で遺書らしきものは見つかっていないが、昨夜、実家を訪れた志麻容疑者から犯行の意思を打ち明けられ、思い詰めて自殺を図ったものと思われる、と記事にはあった。

志麻はしばらく頭を垂れてじっとしていた。声は聞こえなかったが、泣いているのかもしれなかった。風子はルームミラーから目を離した。仁も黙って前方に顔を向けていた。

やがて志麻が大きく息を吐いて、仁にスマホを返した。

しばらく沈黙が続いた。

「後悔してるのか」仁が言った。

「――いいえ」志麻が答えた。

「安心したよ。これでもうやめるなんて言われたら、ここまでやったこっちの立つ瀬がないからな」

「やめるわけがない」志麻が静かな声で言った。

「世界に変革をもたらすかもしれないんだもの――科学者として、これ以上の悦びはない」

「良くなるの、悪くなるの」風子が言った。

「え？」

「世界」

志麻が黙った。それから静寂が訪れた。三人を乗せた車は静かに進んだ。

9

トンネルが続いた。

この高速道路が南アルプス東側の山深い地域を通っているためだろう、一つ一つの距離は短かったがとにかく数が多かった。

出ては入ってまた出てを何度も繰り返し、唯一あるパーキングを過ぎたあたりから今度は高架が続いた。眼下に人家や建物はほとんど無くなり、山々の遠景が夜闇に浮かぶのがうっすらと見えるだけだった。

この先インターが二つ続いて、その次が中央道への乗り継ぎ地点である山梨県北西部の双葉ジャンクションだった。そこから諏訪までは一本。ようやく終わりが見えてきた気がした。まだ太陽も顔を見せていない時分に新宿を出発して、本来であれば三時間で到着する距離に十八時間近くを費やしていた。社長が嘆息を漏らすのも当然だった。風子も体力的に限界に近づいていた。怪我もそうだし、思えば昨夜の千葉の取引から丸一日以上寝ずに運転していることになる。度重なるトラブルによる緊張のためか眠くはならなかったが、ともすると注意力が散漫になるのは避け難かった。

最後のインターを通過した。ジャンクションの案内標識が現れた。

前のカローラから三十メートルほど車間を取って走っていると、急に車の流れが滞ってきた。大きな河川を渡った。水流はしっかりしていそうだったが、車のほうはそうはいかなかった。風子はペダルから足を離した。スピードメーターの針が項垂《うなだ》れるように下に振れ、速度がゆっくりと落ちていって六十を切り、そして三十になって、前の車両との距離がどんどん縮まり、とうとう停止した。

「渋滞か？」

仁が背もたれから身体を浮かせ、フロントガラスに顔を近づけた。

テールランプの赤い連なりが視界の先まで続いていた。動きを止めた車列が風子たちの行く手を遮るかのように、片側一車線の道路を間断なく埋めていた。

「渋滞ってやつは、なんでこういうときに限って起こるかね」

仁が嘆息混じりに言った。後ろで志麻も息をついた。

何かしら普通ではない雰囲気を、風子は感じた。携帯で渋滞情報を確認したが、事故や工事などの情報も出てこなかった。

対向車線はスムーズに動いていた。風子は視界の先に目を凝らした。ジャンクションまでは五百メートルと少しという距離だったが、遠くに見える案内標識のさらに先のほうで、時折何か小さく動くものが見えた。

ゆっくりと進むにつれ、少しずつその動くものの輪郭がはっきりとしてきた。風子は息を呑んだ。よく知っていて、そして関わり合いたくないものだった。つばの狭い帽子を被り、濃紺の衣服を身に纏った姿がいくつも動いていた。その近くに、特徴的な黒と白の車体と赤色回転灯が見えた。

「警察——」

仁がそれを言葉にした。

後ろで志麻が身体を起こした。緊張が車内に漂った。

「検問」風子が言った。

「俺たちか」

「わからない。でもそう考えたほうがいい」

ものを考えるときのいつもの表情でしばし黙っていたあと、仁が言った。

「——さっき入った、パーキングか」

風子が続いた。

「一般人が気づいたか疑って、通報したのかもしれない」

「車両もばれてるの」志麻が不安そうな声ですぐに言った。

「通報があったとしてそれがいつかはわからないけど、パーキングを出てからまだ五十分足らずだ。連絡を受けた警察が取る物もとりあえず緊急配備を敷いて、いまパーキングエリアの防犯カメラを洗ってるってところじゃないか」

「たぶん、東名の下りのどこかでも検問敷いてると思う。あそこからだとあのまま西に進むか、この道しかないから」

「この高速の途中で降りていたとしても一緒だったろうな。出口にも配備してるはずだ」

仁が緊迫した声で言った。志麻は身体を前に乗り出したまま黙っていた。激しい不安を抱えているのがこちらにまではっきりと伝わってきた。

停止と徐行を繰り返しながら、それでも少しずつ車は前に進んだ。緩慢とだが確実に、風子たちと警察の距離は狭まっていった。

「どうする？　突っ切るか？」

仁が言った。

風子もそれを考えていた。検問地点まで来た風子たちの車に警察官が近づいてきたタイミングで、強引にアクセルを踏んで発進させる。だがもし前方に警官がいたらそれもできないし、運良くその場を乗り切れたとしても、車種もナンバーも把握された状態でそのあと諏訪まで逃げ切れるかは未知数だった。

また一台検問を通過し、そのぶん前に進んだ。

「道路交通法違反、公文書偽造罪、銃刀法違反、犯人隠避罪——罪状のオンパレードだ」

仁が平板な声で言った。風子は思考を巡らせた。出来の悪い頭脳をフル稼働させた。

「突っ切るしかないだろ？」

仁が再び言った。

対向車線を時折車が通った。珍しい光景に野次馬根性を刺激されたからだろう、すれ違うどの車も速度を落として走り去っていった。風子が乗っているのと同じ、フォレスターの色違いが通過した。それが、風子の脳裏を刺激した。

「対向車線に移る」

仁がこっちを見た。

「反対車線を走るってことか」

風子は頷いた。

「対向車線との間にはポールがあるだけだから、強引にUターンできると思う」

「それで？」

「すぐにインターチェンジで高速を降りて逃げる。上り方面の出口には検問を敷いていない可能性に賭ける」

仁がしばらく考え込んだ。

「悪くないかもな。強行突破よりはましかもしれない」

仁が続けた。

「やるか」

決まり、対向車の様子を窺った。こちらの車線ではまた一台検問を通過し、カローラがゆっくりと進んでそのぶん車間が空いた。だが、ちょうど同じタイミングで対向車線をトラックが走ってきた。待った。それが過ぎ去った。後続車両の姿はない。風子はステアリングを握る手に力を込めた。覚悟を決め、サイドミラーに目をやってからブレーキペダルに置かれた足を離そうとした。

――瞬間、ブレーキを再び踏み込んだ。

目に入ったものに、風子は我が目を疑った。

「ジン」

風子が言った。声の調子に明らかな動揺が混じっていたのだろう。仁がこっちを見た。そしてサイドミラーにじっと目線を向けている風子を見て、仁もすぐに目をやった。その呼吸が一瞬止まったのがわかった。

「冗談だろ？」

志麻が身体を捻ってリアウインドウから後方を見やった。

「誰か来る」

志麻が不安を隠し切れない声で言った。風子はずっとミラーに目を向けていた。相手は五十メートルほど後方から、等間隔に並んだセンターポールと車列の間を縫ってゆっくりとこちらに向かって歩を進めていた。迷いのない足取りだった。まるで風子たちがここにいることをわかっているかのように。いや、間違いなく知っているのだろう。それはもう、風子にもはっきりとわかった。

「どういうつもりだ――」

仁が静かに口にした。

風子はもうミラーを見ていなかった。その必要はなかった。相手は既に風子たちの車のテールランプあたりまで来ていたから。

予想どおり、男はフォレスターの横で立ち止まった。それから柔和な笑みを浮かべ、盛り上がった筋肉に覆われた左腕をゆっくりと上げて窓ガラスをこんこん、と叩いた。

「久しぶりだな、お二人さん」

坊主頭の声が、静かな車内に届いた。

10

前の車両とは車一台ぶん車間が空いていた。ルームミラーに目をやった。後ろを運転しているのは五十代くらいの中年の女だった。訝しげな表情を浮かべていた。こっちが前に進まないのと、その隣に立っている突然現れた男の存在のためだろう。

坊主頭が前方を指差した。前に出せ、という合図だった。とりあえずそうした。相手も同じ速度でゆっくりと歩いた。

カローラのリアバンパーとの間が五十センチほどの距離になり、風子はブレーキペダルを静かに踏み込んだ。坊主頭も歩くのをやめた。

坊主頭がまたこんこん、と窓を叩いてきた。仁に目をやると、頷いて返した。

風子は運転席の窓を開けた。ガラスがゆっくりと下りていき、冷たい空気が車内に入り込んだ。

「寒くないのか、あんた」仁が冷気よりも冷ややかに言った。「それともそれだけ筋肉に覆われてれば、体感温度もやっぱり違うのかい？」

坊主頭のほうは温度のある微笑みを浮かべた。

「なら乗せてもらえるか？　無駄話をしている暇もないしな」

「質問に答えたらな」

「沢山あるんだろう？」

「だろうね」

「先に聞いても？」

「なんだ」

「どうするつもりだ？」坊主頭が前方に目をやって言った。

「試合終了まであと少し。あまり猶予はないように思うがね」

「あんたが何の心配をしているのかが、わからない」

作り笑いを浮かべてしらを切る仁を遮るように、坊主頭が右手の親指を背中側に向けた。

「Uターンするつもりか？」

風子も仁も黙っていた。

「あまり良策とは思えないな。この道は出られても、ずっと追われることになる。下道を使ったとしても諏訪までそう逃げ場はないぞ」

仁が笑った。

「さっきからおかしいね、あんた。諏訪ってなんだ？　行き先は静岡だって言ったはずだぜ？　もう忘れたのか」

「無駄話をしている暇はないと言ってるんだ。もう忘れたか？」

沈黙が訪れた。窓から山間の冷えた外気が入り続け、車内を冷たく満たしていった。

「何しに来たの？」風子が言った。

坊主頭が頷いた。

「そう。そういうことだ、運び屋さん。建設的でいい。提案をしに来た、あんたたちに」

「どんな」

風子の言葉に坊主頭がまた頷き、手を差し出してきた。仁が咄嗟に身構えた。風子も思わずポケットにあるナイフに手を伸ばした。でもそれだけだった。坊主頭の分厚い左手がドアのすぐ上あたりで止まった。

「手を貸そうか？」

風子は坊主頭の顔をじっと見た。相手はこっちを見て微笑んでいた。

「物分かりが悪いんだ。説明してもらえるかな」仁が苛立った様子で言った。

「簡単だよ。あれを通過するためにその荷物と学者さんをこちらの車に移す。それだけだ」

「やっぱりこっちが質問してもいいか？」今度は皮肉を込めて仁が言った。「おまえ、何者だ？　どうして俺たちの居場所がわかる？」

「あとで話す。まずは行動。優先順位はそうだ。違うか？」

「違うね。まず話す、そしてもしかしたら行動、だ。なぜなら話を聞かないことにはあんたを信用できないからな」

「ナンセンスだ。なぜなら俺が真実を話す保証はないだろ？」

「それはこっちが判断することだ。まず話せ、それからだ」

既に車が前に進んでいた。検問が行われている地点まではあと三百メートルといったところだった。この不可思議な状況を警察が目に留めたら疑念を抱くだろう。風子は熱を帯び始めている両隣に割って入った。

「あんたは、荷物の中身を知ってるの？」

坊主頭は黙って頷いた。

「欲しがってる？」

「そう思ってもらって、構わない」

「どうしてあんたに渡すと、検問を通過できる？」

坊主頭が風子を見た。風子は続けた。

「たぶん警察は、パーキングエリアで容疑者らしき人物を見たという通報を受けただけで、いま防犯カメラの映像を分析していたとしても、どんな車に乗っているかまでは知らない。だからああやって全ての車の中身をチェックしてる。あんたの車に荷物とこの人を移し替えたところで意味はない」

「そういうことだ。通報したであろう人物は、この人が車両に乗り込むところまでは見なかった。つまり、全ての車が〝容疑車〟ってことだ」仁も続いた。

坊主頭がわずかに口角を緩め、静かに口を開いた。

「青ナンバーを知っているか」

何を言いたいのかわからなかったが、答えた。

「外交官車両」

坊主頭が頷いた。

「日本国内に駐在する外交官が使う車両には外務省から青いナンバープレートが交付され、

〝青ナンバー〟と呼ばれるその車両には、大使館などと同じように不可侵権や治外法権などの外交特権が認められる。つまり、〝青ナンバー〟車は日本法の適用対象外——これがどういうことか、わかるか?」

「青ナンバーの車は、検問を受ける義務はない」風子が言った。

「あんた、外交官だっていうのか?」

「だから、それを後で話すと言っているんだ。いまは行動。こっちの青ナンバーの車両なら、積み荷や乗員をあらためられることなく検問を通過できる。やる意味はあるだろ?」

「どうやって信用しろっていうんだ?」

「あんたが乗ればいい」なんでもないように坊主頭が返した。「こっちは二人だ。じゅうぶん乗れるさ」

一拍間があって、仁が言った。

「道具は」

「持っていて構わないさ。せっかく買ったんだ。そうだろ?」

坊主頭がおかしそうに言った。

「あんたの車両は?」風子が言った。

「八台後ろだ。黒のボルボ」

仁に視線を送った。仁が頷いた。

「とりあえず行ってくる。連絡する」

風子は頷いた。

仁が車から出た。後部座席を開け、ボストンバッグを手に取った。それから志麻が保冷ケースを肩にかけ、車を降りた。

そこまで見届けると、坊主頭が車列の後方に向かって歩き出した。その後ろを仁が歩き、志麻が続いた。ミラーを見ていると、後ろの車に乗った中年の女がさっきよりも怪訝そうな顔をして三人を見送っていた。

やがて百メートルほど後方で坊主頭が立ち止まり、助手席に乗り込んだ。そのあと仁が後部座席に入り、ややあって志麻も中に消えた。

一分後、仁から電話がかかってきた。

「こっちに乗る」

「青ナンバー？」

「ああ」

「人数は」

「話のとおり連れが一人。計四人」

「それで？」

「集合場所を送る。落ち合おう」

「わかった」

電話を切った。数分ほどして、住所が送られてきた。甲府市の番地だった。それをナビに打ち込んだ。

それからおよそ五分後、検問にかかった。

順番が来る間にメイクでできるかぎり顔のアザを誤魔化した。幸い照明の少ない道だったこともあって、顔の状態に気づかれることはなかった。

「事件の捜査で検問を実施しております。ご協力をお願いいたします」

東京で発生した被疑者逃亡中の盗難事件だとは警察は言わなかった。運転席側に来た二十代前半と思しき制服警官から運転免許証を提示するよう言われ、偽造免許証を渡した。縦五・四センチ、横八・五六センチのその小さな長方形の世界においては、風子は東京都杉並区に住む二十一歳だった。

偽造免許証は他に五種類あった。住所が宮城県仙台市、愛知県名古屋市、大阪府堺市、兵庫県神戸市、福岡県北九州市のものだ。なぜか宮城と福岡のものは年齢が二十歳になっていた。社長から渡されたときに理由を尋ねると、特にない、という答えだった。

若い警官が偽造免許証を手に持って睨んでいる間に、四十代くらいの制服警官が後部座席のドアを開けてシートを触ったり押したり、座席の下を覗いたりした。それを終えるとドアを閉め、後ろに回ってバックドアを開けてまた中を仔細に確認した。

「ご協力、ありがとうございました」

年嵩《としかさ》のほうが車内の確認を終えると、若い警官が免許証の向きを変えて丁寧に返しながら、言った。

風子は窓を閉め、アクセルを踏んだ。

すぐにジャンクションの分岐だった。左が中央道を西に進む名古屋・長野方面、右が東進する甲府・東京方面だった。

風子は右に行って、甲府へと向かった。
また逆行、と心中で思わず息が漏れた。

11

中央道の双葉サービスエリア内にあるスマートインターで高速道路を降りて、山梨県の県道をまっすぐ東へ進んだ。

十時をとうに過ぎていた。途中、一本電話をかけた。相手はすぐに出て、用件を伝えた。承諾してくれた。

十五分ほどで甲府市の中心街に着いた。ナビが示す目的地は甲府駅の北口からやや離れたところにあるしっかりとした造りのビジネスホテルだった。

目抜き通りから裏路地に入った閑静なエリアに建っていて、二十階程度の高さで煉瓦調の外壁をしていた。隣接した大きなコインパーキングに車を停めてエンジンを切り、相手を待った。

十分ほどして、グレーのバンが駐車場に入ってきた。停まると、二十代から五十代くらいの作業服を着た男たちが出てきて荷物や機材を下ろし、スチール台車に乗せて駐車場を出て行った。仕事の帰りか、あるいは早朝稼働なのかもしれない。そのあとまた何台か車が入ってきてから、しばらくしてクロスオーバータイプの黒いボルボがやってきた。青ナンバーだった。運転席には知らない男が座っていたが、助手席に坊主頭がいるのが見えた。むこうもこちらを見ていた。

フォレスターの斜め前の区画にボルボが停まり、運転席から片割れが降りてきた。黒いシャツに黒いボトムという出で立ちで、身体の厚みこそ坊主頭ほどはなかったが、背丈が二メートル近くもあり、連れよりも二、三センチ程度伸ばした短髪だった。坊主頭がラガーマン体型なら、片割れのほうはバスケットボール選手といった感じだった。年齢は同じくらいに見えた。

間を置かず坊主頭が車から出てくると、すぐに後部座席から仁が降りてきて、反対側から志麻が現れた。

風子も降りた。外に出るとすぐに冷たい夜気が肌を刺した。予報のとおり夜になって急激に気温が下がってきたようだった。既に五度を下回っているかもしれない。怪我で火照った顔には心地よかったが。

坊主頭がこっちに来た。

「部屋を取ってある」

仁に目を向けると、むこうが頷いた。背の高い男は既にホテルの中に入っていた。坊主頭について、エントランスからホテルに足を踏み入れた。

夜更けのためだろう、ロビーに客は一人もおらず、従業員の姿もなかった。壁際にクリーム色の革張りのソファーが置かれ、同じ色合いの棚にガウンやタオル、歯ブラシなどのアメニティーが揃えられていた。

エレベーターに四人で乗り込んだ。六階に着くと、チャコールブラウンの毛足の短い絨毯が敷かれた狭い廊下を歩いた。端まで来て「６１５」という部屋の前で止まり、坊主頭が扉をノックした。すぐに扉が開き、背の高い男が風子たちを迎えた。

入ると、大きなサイズのベッドが二つ置かれたツインルームだった。広さも三十平米以上はありそうで、ベッド以外のスペースも広かった。反対側の壁に書き物机と椅子が置かれ、窓際に一人掛けのソファーが二つと、小振りのソファーテーブルがあった。調度品はどれも落ち着いた色調で統一されていて、照明も明るすぎない電球色のものが使われていた。

坊主頭は入り口に近いほうのベッドに腰掛け、背の高い男はまっすぐ部屋の奥へ向かって、頭が天井とすれすれの状態で窓の前に立った。巨軀で窓ガラスの大半が覆われ、景色が視界から閉ざされた。

仁は志麻をソファーの一つに座らせ、自分は壁を背にして坊主頭と背の高い男のちょうど中間くらいの場所に立った。ボストンバッグは仁の足元に、保冷ケースは志麻の足元にあった。風子は仁の近くに立った。

坊主頭が携帯電話を取り出し、耳に当てた。それから背の高い男に目配せし、男が部屋から出て行った。

「なんだ?」仁がすぐに言った。

「上司が来る」

仁が眉を寄せ、坊主頭を睨んだ。

「聞いてないぜ」

それから数分もしないうちに扉が開き、背の高い男と一緒に男がもう一人、部屋に入ってきた。

齢は五十代半ばといったところで、それが特徴と言っていいほど、特徴のない顔立ちをしていた。目も鼻も口も大きくも小さくもなくどれも平均的で、目立った造作はなく、バランスも不自然なところがなかった。

服装も洒脱というわけでも派手でもなく、オーソドックスなダークグレーのスーツを着、白地のシャツに黄色ベースのネクタイをしていた。プレーントウの黒の革靴は曇りひとつなく磨かれていて、その足が静かに部屋を進んだ。

男は言葉一つ発することなく部屋の奥までやってくると、志麻の向かいに腰掛けた。それから背広の形を整え、脚を組んだ。

「それか？」

男が志麻の足元にあるケースを見て言った。

「そうです」坊主頭が答えた。

男がほんの少し顔を持ち上げ、風子に目をやった。

「運び屋だな？」

返事はしなかった。男は気にするふうでもなく、目線を横にずらした。

「殺し屋。そこに座っている男が君のことをなかなか面白い、と言っていたよ。彼が他人をそんなふうに評価することは珍しい」

「それはどうも」

仁が平板な声で返した。短いやり取りが行われている間、風子は窓際まで行って外に目をやった。

前方に甲府盆地を取り囲む黒い山々が連なり、眼下にちょうど風子たちが車を停めたコインパーキングが見下ろせた。五十台弱は停まっているだろうか、八割ほどが埋まっていた。フォレスターがあり、その斜め前にボルボ、グレーのバンも見えた。ホテルから遠いほうの端にはセダン型の白のメルセデス・ベンツがあり、フロントバンパーの下で猫が二匹、身体を寄せ合うようにしてうずくまっているのが小さく見えた。

「どこまで話した?」男が言った。

「何も」

坊主頭が答えると、男が頷いて、言った。

「始めるか」

坊主頭は仁のほうに身体を向けて座り、さりげなく仁の動きに注意を払っていた。背の高い男は戻ってきてからは洗面所のそばの同じ位置に立ったまま、まったく表情を変えなかった。ずっと同じ姿勢で、部屋の一点に目線を据えていた。それでも部屋全体に滞りなく意識を向けている気配は嫌でもこちらに伝わってきた。

風子はスタジャンのポケットに右手を入れ、仁に視線を送った。それに気づいた仁が、目だけで頷いた。風子の意図は伝わったようだった。

男がひとつ、咳払いをした。

「吉川だ」

「そう簡単に名乗られると、いやでも怪しんでしまうものだな」すぐに仁が返した。

「偽名だよ」

静かに、吉川と名乗った男が言った。仁がわずかに鼻を鳴らした。

「害意がないことを示すために名乗っただけだ。前置きなく言おう、我々はとある国の工作員だ。あの外交官車両も我が国の外交官から借り受けたもので本物。これは真実だ。信じていい」

「その話が本当なら、どう見ても東アジア系だな。国交があることを含めて諸々鑑みると、あまり選択肢は無いように思うけどね」

「推測も想像も自由だ」

「国の種別は問題ではない」坊主頭が言った。「どこだとでも思えばいい。何も歴史認識や対外感情について話し合おうってわけじゃないんだ」

「オーケー」仁が言った。「こっちもそんなつもりはない。じゃあビジネスの話をしよう。あんたたちはこの薬を欲してる。そうだな？」

吉川が頷いた。「正確には、以前から興味を持っていた、と表現するべきだな」

仁が眉根にわずかに皺を寄せた。

「彼女の研究所は約二ヶ月前、サイバー攻撃に遭っている」吉川が志麻を示して言った。

志麻は先程からずっと緊張した面持ちで黙って下を向いていた。この状況では当然と言えたが、妙な居心地の悪さのようなものを感じているようにも見えた。それが気になった。

「我々だよ」と、吉川が続けた。「研究所の中枢サーバーにアクセスしたんだ」

「研究情報を盗んだのか」

吉川が首を振った。

「取得まではできなかった。セキュリティーは褒められた代物ではなかったが、それでも入り込めたのは業務用イントラネットの管理サーバーだけだ。とはいえ、機密情報を含む研究員同士のメールのやり取りは閲覧可能だった」

「そのときに研究のことを知ったのか」

吉川が頷いた。

「驚いたよ。彼女たちが呼んでいた研究とバイオ医薬品のコードネーム、〝MARIA〟。我々は官民・分野問わず常にあらゆる領域で情報の収集を行っている。その一つがバイオテクノロジーであり、彼女が所属していた民間研究所というわけだ。すぐに本国に〝MARIA〟について報告した。予想どおり強く興味を示し、動向を注視するよう指示を受けた」

「この人を監視していたのか？」

吉川が頷いた。

「メールのやり取りから判明した、研究所の待遇に不満を持っている研究員の一人に接触し、こちら側に引き込んだ。以来、研究の進捗状況を報告させていたわけだが、三週間前に研究が日本政府に移されることを知った。そうなれば、今のように情報を入手することは困難になる。それで、〝MARIA〟開発の主導者である彼女に接触することを考え、その可否を判断するために素行調査を開始した。すると、二週間前から不審な動きを見せ始めた。暴力団筋の裏業者とコンタクトを取ったりね。これは取引材料に利用できると考えていたところに、昨日の深夜、突然彼女が研究所からそのケースを持ち出した。あとを尾けると、新宿に向かい、雑居ビルの一つに入った。そして、そこにいる運び屋とともに車に乗り込み、高速に乗った」

吉川は続けた。

「さて、あとを追わせたはいいが、『神奈川南部で撒かれた』という報告が入った。やはり餅は餅屋というわけだ、この国の言葉を借りるなら。それからすぐに、専用のネットワークシステムでこの国にいる工作員すべてに、二人と車両の画像を送った」

吉川はそこで喋るのをやめ、指を組んで言った。

「ここからは君から話せ」

坊主頭が頷いた。

「クラフトカーで出くわしたのは偶然だ。この国に潜り込んでから、俺とそこに立っている彼は主に反社会勢力を担当していてね、安東会というのも実際に構成員としての肩書を持っているから嘘じゃない。クラフトカーについても存在を知って時々利用していたんだ。実に良いシステムだよ、本国のマフィア連中には知られたくないほどだ」

坊主頭が笑い、話を続けた。

「そういうわけで今日も立ち寄って物色していたら、あんたたちが現れた。送られてきた画像で顔は覚えていたし、神奈川で見失ったということだったから、すぐに確信した」

「やはり知っててとぼけたわけか」仁が言った。

「ああ。あんただけは情報がなかったから、ちょっと探りを入れさせてもらったが。ただ俺に限っていえば、彼女のことは以前から話を聞いたことがあった。この国に少女の運び屋がいるってね」

「で？」仁が促した。

坊主頭が背の高い男を親指で示した。

「あんたたちに気づかれないように、車に残っていた彼にそのことを伝えた。彼はすぐに車を出て、駐車場からあんたたちの車を見つけ出した」

「そして発信機を取り付けた」

仁が言い、坊主頭が頷いた。仁はひとつ息をついてから、続けた。

「オーケー、筋が通っている。信じよう——だが、大きな疑問がある。俺たちはその後すぐに発信機を取り外した。それなのに、どうしてあんたたちは俺たちの居場所がわかる？」

坊主頭が再び頷き、志麻に顔を向けた。

「出してもらえるか？　そのほうが話が早い」

仁が怪訝そうに顔をしかめた。志麻は強張った顔つきで口を閉ざしたまま上着のポケットに手を差し込み、小さな金属製の物体を取り出すと、それをソファーテーブルの上に置いた。

何かはすぐにわかった。

「どういうことだ」仁がさらに顔を歪めた。

「こっちとしても、あんたたちが発信機を探す可能性は想定していたんだよ。俺に疑念を抱いていたことも感じたしな。車体に取り付けたものは、言わばあんたたちを油断させるための捨て石。何も見つからなければ疑念を深めるだろうが、発見すればそれで納得するだろうから。

〝本物〟は彼女に渡したそっちのほうだった」

「どうやった？」仁が背の高い男に向かって言った。男はちらり、と仁を見て、それから何も言わずにすぐに目線を戻した。坊主頭がかわりに答えた。

「車内にいた彼女に、警察を呼ばれたくなければドアを開けるよう言った。それから今あんたたちにしたのと同じ話をした。ハッキングをし、〝MARIA〟の存在を知っていると。そして今度はそっちの話を聞いた。計画や目的地をね。あとは発信機を隠し持っているよう指示しただけだ——彼女の立場にしてみれば、あんたたちに打ち明けることも捨てることもできなかったことくらいはわかるだろう？」

先刻からの態度も然り、そして、足柄サービスエリアを出たあと志麻の様子に不審なものを感じた理由がわかった。咎めるつもりなど無かったが、志麻は苦悶の表情を浮かべて下を向いていた。

「なんのためだ？」仁が言った。「薬を欲しているのなら、その場で奪えば早いだろ」

吉川と坊主頭がおかしそうに笑った。

「彼女に拳銃を突きつけて、そいつを渡せと脅すのか？——俺たちは別にテロリストやマフィアじゃないんだ。サイバー攻撃程度はしても、そんな手荒な真似はしない。我々の目的は、契約を結んだというその欧州の財団と交渉することにあった。金を積めば手を引くのか、あるいは我が国との共同研究が可能なのか、といった具合いにね。発信機を持たせたのは、彼女が嘘をついていないという保証はなかったからさ」

仁は黙って話を聞いていた。吉川が口を開いた。

「我々としては、研究が日本政府の手に渡ることは一番避けたかった。そのためには薬を日本国外に持ち出すことが最優先事項になる。つまり、君たちが警察に捕まらずに諏訪に辿り着くことがまず必要だった」

「なるほどね」仁が言った。「それで見かねて出てきたのか」

「自信があったのか知らないが、俺たちが手を貸さなければどうなっていたかわからないぞ」

坊主頭が言った。

「感謝するよ」仁が言い、壁から身体を離した。

「話はよくわかった。もう行かせてもらえるかい？　あまり時間がないんでね」

吉川が静かに手を上げ、手のひらを仁に向けた。

「そうはいかない」吉川が言った。「〝ＭＡＲＩＡ〟はこっちに渡してもらおう」

ひりつくような静寂が部屋を襲った。仁がわずかに唇を歪め、言った。

「――話が違うんじゃないか？　俺たちが薬を運んで、あんたたちは交渉するんだろ？　勝手にすればいい。こっちの役割は時間までに目的地へ荷物を運ぶことだけだからな、そのあとのことは知らない」

「状況が変わったんだよ」

「わからないね」

吉川が小さく息をついて言った。

「君たちの落ち度のために、我々は取りたくもない行動を取る羽目になった。おそらく早晩あるいは既に、警察は目撃情報やカメラの解析で我が国の外交官車両が事件に関わったことを把握するだろう。当然、外務省を通して日本政府は事情を聞いてくるよ。そのとき、『薬もデータも何も持っていない』と言って信じると思うか？　外交特権を盾にしらを切っていると思われるだけだ。だからこういう事態になってしまった以上、我々としてはもう手中に収めるしかないんだよ」

「行動を起こす前にそれくらい想定できなかったか？」仁が皮肉の色を隠さずに言った。

「だから君たちに手を貸すことを決断した時点で、もうこっちはそのつもりだったよ」

冷たい笑みを浮かべ、吉川が静かに返した。再び沈黙が下りた。

仁が嘲笑混じりに言った。

「さっきは、自分たちはテロリストやマフィアじゃないだの、手荒な真似はしないだの言っていたけど、たいして違いはないな」

「君たちとやり合った連中よりは平和的だと思うがね」

吉川が風子の顔のアザに目を向けて言った。坊主頭が続いた。

「もちろん、あんたたちが突然高速を降りて沼津で車を停め、タクシーに乗り込んだときもちゃんと後を追ったさ。まさか極誠会のアジトだとは思わなかったが、おかげで薬を狙っているのが政府だけではないことがわかって良かったとは言える。我々のスタンスを変える一助になったからね。あのときはあんたたちが出し抜いたようだが、これから諏訪を目指す過程でもしまた襲撃されて今度こそ相手の手に渡り、連中が我が国と非友好的な第三国に売り渡すようなことがあったら事態はもっと好ましくない。そういうわけで、あんたたちに任せていることはもうリスクでしかないと判断したわけだ」

吉川が続けた。

「まだある。君たちは我々がどこの国の人間か見当をつけているだろ？　もし君たちが我が祖国に何かしら悪しき感情を抱いていて、そんな国に研究が渡るくらいなら政府に委ねたほうがいいと考えて君の言う役割を放棄しないとどうして言い切れる？　だからさっきも言ったように、君たちに手を貸すことを決めた時点で我々はもう薬とデータを頂戴するつもりだった」

仁が笑って言った。

「また言ってることが矛盾してるぜ？　さっきあんたのお仲間は、認識だとか感情の話をするつもりはないと言っていた気がするけどな」

「国と国が相対すれば、ビジネスだろうが戦争だろうが最後はそこに行き着くんだよ、殺し屋さん」

吉川が言い捨て、何度目かわからない沈黙が下りた。それから吉川がひとつ咳払いをすると、坊主頭が立ち上がり、背の高い男が身体の向きを変えた。

「話は以上だ。薬とデータをもらって、我々は行くよ」

坊主頭が言った。仁は黙って坊主頭を見ていた。それから背の高い男に目線を送り、吉川に向けた。

「やめたほうがいい」坊主頭が背の高い男を示して言った。「俺も彼もクロアチアの民間軍事会社に五年籍を置いたし、中東で戦場にも出た。詳しいキャリアは知らないが、極東の島国でぬるま湯に浸かってきたあんたじゃ、たぶん力不足だよ」

「俺もそう思うよ」仁が静かに言った。「でもだからと言って何もしないんじゃあ、ここに馬鹿みたいに突っ立っている意味がないだろ？」

「まあ、そうだな」坊主頭も静かに言った。「あんたの立場はわかる」

それから、坊主頭がわざとらしく溜め息をついて続けた。

「じゃあやり合うのか？　あんたが脇か腰に手をやった瞬間に俺も彼も動く。そこの運び屋は刃物以外に道具を持っているか？　専門的な訓練を受けたことは？　こっちは三人とも持ってる、訓練も受けてる——無駄だろ？」

「だろうね」

仁が言い、坊主頭がまた溜め息をついた。そして言った。

「二度目だ。そして最後。話は以上だ。それを持って、我々は行く」

仁が右手を持ち上げかけた。

「ジン」

「黙ってろ。俺の領分だ。おまえの運転に口を出したことがあったか？」

風子は黙った。

「もういい」

志麻の声だった。

全員がそっちを見た。志麻が立ち上がり、足元にあったケースを手に取って、ベッドのそばに置くと、その上にトランプくらいのサイズのハードディスクを乗せた。

すぐに吉川が立ち上がり、ハードディスクを背広のポケットにしまってからケースを持って部屋から出て行った。

「運び屋。こっちに来い」

坊主頭が言った。風子は言われたとおりに窓から離れ、仁の隣まで行った。すぐに背の高い男が窓際まで行き、その前に陣取った。部屋に入ったときとまったく同じ動きだった。それから男は鋭い視線をこちらに向け、風子たちを牽制した。

しばらくその状態が続いた。やがて坊主頭がポケットから携帯電話を取り出し、耳に当て、またすぐにしまった。

「よかったら旅の疲れを癒していってくれ。ベッドが足らなくて悪いが」

坊主頭が薄い笑みを浮かべて言い、部屋を出た。背の高い男が仁と風子に冷たい眼差しを一度向け、続いた。

二人がいなくなると、仁が舌打ちしてベッドに乱暴に腰掛けた。志麻はもう片方のベッドに、項垂れるようにして座り込んでいた。

風子は窓際まで行って、下を見下ろした。すぐに坊主頭と背の高い男が現れ、黒いボルボの前に来ると、こっちを見上げた。視線が絡んだ。数秒見合った後、むこうが目線を外して車に乗り込み、駐車場をあとにした。

静寂が続いた。誰も何も喋らなかった。仁も志麻も途方に暮れた様子で、言葉を発する気も、動く気力も無いようだった。

風子だけは、違った。

12

携帯電話を取り出し、電話をかけた。

三コールほどで、相手が出た。

「送ったの、見た？」

風子が言った。仁と志麻が顔を上げた。

「見たよ。いま追ってる」

しわがれた声で相手がそう返してきた。

「一台？」

「そう。白いほう」

「どういう状況？」

「甲府駅から南に行ってる」

予想どおりだった。

「先にあるインターから高速に乗るつもりだと思う。県道7号？」

「違う。路地。小学校と――薬局がある」

どの道かわかった。

「わかった。掛け直す」

言い、電話を切った。

「ジン」

目で入り口のほうを示した。仁は怪訝そうに風子を見ていたが、何も言わずに立ち上がった。

「あんたも」風子は志麻に顔を向けた。

「どこへ行くの」

志麻が戸惑いつつも腰を浮かせながら、言った。

「取り返す」

それだけ言って、風子は扉へ向かった。


急いでホテルから出てフォレスターに乗り込み、車を発進させた。路地を抜けて目抜き通りを南に進み、中央線の線路を通り過ぎてから左折し、また路地に入った。時間帯もあって、人も車両の姿もまったくなかった。

呼び出した。

「どこ?」繋がると、風子はすぐに言った。

相手の声が車内に低く響いた。

「さっきの道をずっと進んでる——もうすぐ、国道52号に当たる」

風子は頭に景色を浮かべた。そして言った。

「越えて四つ目に、中華料理屋と工務店が向かい合った交差点があると思う」

「そう」相手がよくわからない様子で言った。仁は助手席から訝しい顔でずっと風子を見ていた。後ろの志麻もそうに違いなかった。

「悪いんだけど」と風子は言った。

「そのあたりで後ろからぶつかってもらえる？　修理代は余分に払うから」

仁の眉間の皺が深くなった。志麻も言うに及ばずだろう。

「ん――」わずかに間があってから、相手が言った。「わかった」

「できるだけ時間稼いでほしい。最低五分」

「ん」

声とも息ともとれない言葉で相手が短く返し、風子は電話を切った。

仁に説明を求められ、話しながら先を急いだ。人けのない狭い路地を飛ばした。

国道52号を越え、さらに路地を南下し、中華料理屋と工務店の間を通り抜けてすぐ、前方に白いセダンの後ろ姿が見えた。

「いた」「了解」

風子の言葉に仁がすぐに返し、スミス&ウェッソンを手に持った。

速度を上げげた。スピードメーターの針が一気に振れ、セダンとの距離が五十メートルを切った。トランクリッドにメルセデス・ベンツの三芒星エンブレムが見えた。仁が窓から上半身を乗り出し、左後輪に狙いを定めた。

直後、甲高い破裂音が闇夜に轟いた。白い車体が上下に揺れ、急ブレーキとともにスリップして止まった。

そのすぐ後ろに車をつけると、仁が飛び出してベンツの運転席に向かい、窓越しに拳銃を構えた。

「おりろ」

仁が言い、ややあってドアが開いた。吉川が出てきた。

風子は助手席に回った。床に保冷ケースがあった。それを摑んでフォレスターの後部座席に移した。

「データ」

風子が言うと、黙ったまま吉川が背広の右ポケットに手を入れ、ハードディスクを仁に差し出した。仁がそれを受け取った。

「さっき後ろからぶつかってきた車、おまえらの差し金か？」

風子が頷くと、吉川が鼻を鳴らした。

「道理でな。やられたこっちがすぐに行こうとしてるのに、警察を呼ぶだとか言って引き留めようとしてきた。おかしいと思った」

「そうすると思ってた。警察呼ばれて困るのはそっちだから」

「尾けさせたのか」

風子は頷いた。

「何かあったときのために、黒のボルボか白のベンツがホテルから出てきたら、追うよう頼んでおいた」

ホテルの部屋で、風子はスタジャンのポケットの中に入れた携帯電話から相手にメッセージを送った。目的はわからないにせよそれを察した仁は、自分が吉川たちとのやり取りを担当する役に回って、風子から注意を逸らさせた。

「そもそもなぜ車に目を付けた？」吉川が言った。

「部屋に入ったとき、背の高いほうがすぐに窓の前に立って外を隠した。あんたが現れてやめたから、たぶん駐車場にあんたの車が入ってくるのを見られないためにそうしたんだと思った。案の定、あんたが出て行くときも連中が窓から私を遠ざけた」

吉川が小さく頷いた。

「このあたりの道は知ってたのか」

「半年前にフィリピンの不法滞在者を運ぶ仕事で来た」

吉川がまた頷いた。

「なるほどな――だが一番不可解なことがある。出入りを見なかったのに、なぜこの車だとわかった？　青ナンバーというわけでもない」

「猫」

吉川が顔をしかめた。「失礼？」

「あんたがホテルに現れてからすぐ駐車場を見たら、この車の下に野良猫が二匹うずくまってた。今夜みたいに冷えたときに、猫は熱を持った車の下に入って暖を取る。熱を持っているということは、ついさっきエンジンが切られたってこと。だからこの白のベンツがあんたが乗ってきた車じゃないかって思った。もちろん違う可能性はあったけど山を張った。あんたが出て行ったあと無くなっていたから、まず間違いないとは思ったけど」

風子が喋り終えると、吉川が静かに唇の端を歪めた。

「――やるじゃないか、運び屋」

吉川に銃口を向けていた仁が風子に目線でフォレスターを示し、風子は車に乗り込んだ。吉川はその様子を黙って眺めていたあと、仁に目をやり、それから自分に向けられたスミス&ウェッソンを見据えて言った。

「軍にいたらしいな」

「この島じゃもっとオブラートに包むけどな」

「忘れてたよ。なぜやめた？」

「忘れたよ」

仁が言い、吉川がまた僅かに唇を歪めた。それからフォレスターを顎でしゃくった。

「行け。これだけ立ち回ったんだ。表にも裏にも奪《と》られるなよ」

「あんたらもほどほどにしておけよ。墓にそう刻まれたくないだろ？　吉川さん」

仁が銃口越しに返した。吉川の目が鋭くなり、仁をじっと見た。

吉川に目線を据えたまま仁が位置を移し、風子が開けたドアから乗り込んだ。すぐに風子は車をバックさせ、交差路で向きを変えてもと来た道を逆に走った。

極誠会の橘のときとまったく同じように、吉川はミラーに姿が映らなくなるまでずっとこちらを見ていた。


路地を抜けて大きな県道に出てから、待ち合わせ場所のコンビニエンスストアに入った。店から一番離れた駐車場の端に、ダイハツの軽自動車が停まっていた。

風子がその隣に停めると、背もたれを倒して座席に寝そべっていた男がドアを開けた。

「ありがとう。うまくいった」

「そうかい」身体を起こしながら、なんでもないように相手が言った。白髪が均等に混じったいがぐり頭と、いつも生気のないとろんとした目が変わらなかった。

「今度修理代とお礼はする」

「礼はいいよ。いつも飯もらってるし」相手が目を擦って続けた。「じゃあやるか？」

風子は頷いた。まず、軽自動車に積み込まれていた着替えや毛布などの大量の荷物をフォレスターに移し、それからフォレスターにあった多少の荷物を移し替えた。相手から車のキーを受け取り、フォレスターのキーを渡した。

「もし職質されたら、変な女に突然金を渡されて車を交換してくれって頼まれた、とでも言っておいて」

「わかった」

「また連絡する」

「ん」

軽自動車に乗り込み、座席やミラーの位置を手早く直してからエンジンをかけ、コンビニを出た。ステアリングの感触やペダルの効き具合い、インパネの内装を確かめながらしばらく走った。得体の知れない様々な臭いが入り混じって車内に染み付いていたが、我慢した。

「何者だよ」仁が鼻をくんくんさせながら言った。

「車中生活者」

仁が訝しそうにこっちを見た。

「家がなくて、車で寝泊まりしてる。結構多いんだけど。あの人はたぶん六十歳くらい。日雇いで生活してて、甲府近辺の一般道から入れるパーキングとかサービスエリアによくいる。昔こっち来たとき、明け方地面が凍結しててスリップしたとき助けてもらった。それ以来ちょっとした仕事頼んだり、このへん来ると差し入れしてる」

「ホテル入る前に、既に連絡してたのか」

風子は頷いた。

「警察は防犯カメラでこっちの車両特定するだろうから、甲府で車交換してもらえるよう連絡しておいた。まさかあんなことまで頼むことになるとは思わなかったけど」

「なるほどな」仁が頷いた。「てっきり当たり屋か何かかと思ったよ。まあおかげで助かった」

「黙っていてごめんなさい、発信機のこと」志麻が後部座席からこちらに向かって言った。

「別にいい」風子が答えた。「私があんたでもそうした」

仁が目線を上げ、前方の標識を見ながら言った。

「それで、ここからどうする」

それを考えていた。このまま下道を進むか、高速に乗るか。

既に日付は変わり、時刻は零時十五分を過ぎていた。下道なら約二時間、高速なら一時間半弱で諏訪湖に到着する。どちらから行ってもリミットの五時にはじゅうぶん間に合うし、三十分しか違わない。

高速に乗るなら双葉インターから中央道、下道なら中央道と並走する国道20号が順当な道筋だった。どちらの道も、まるで吸い込まれるかのように諏訪湖に向かってまっすぐ伸びている。諏訪湖の周辺は小道が網の目のように入り乱れていた。諏訪に入ったら道の選択肢は多そうだった。

「――坊主頭たちはこれ以上動かない気はするけど、こっちの正確な目的地を知ってるのが気がかりだな」仁が言った。

「六時に諏訪湖の公園であることは知らない」志麻が返した。「ビジネスホテルに五時、とだけ言った。嘘をつくのは危険だと思ったけど、全てを明かすのも避けたかったから」

「やるね」仁が頷いた。

懸念事項が一つ減った。問題は、極誠会と警察だった。

詳細な場所はともかく、極誠会は目的地が諏訪であることを知っている。近づくほど連中と接触する危険があった。あれで引き下がるとは思えない。だがどんな手段があり得るのか、あるいは使ってくるのか見当もつかなかった。

そして警察。コンビニエンスストアを出る前に、警察の動向や捜査に進捗があったかネットで検索したが、特に目ぼしい情報は見つからなかった。もちろん、捜査機関が新しい動きを見せていてもメディアに明かしていなければ情報は出てこないから、風子たちにはわからない。検問前での坊主頭とのやり取りについてもネットニュースやSNSを検索してみたが、検問自体についての記事や投稿はあっても、風子たちに言及しているような情報は出てこなかった。

奇怪な光景ではあっただろうが、通報までした人間もいなかったのだろう。別々の車両で移動していたグループの人間が渋滞に遭遇して対策を講じた、といったふうに映った可能性も高かった。

調べているとき、事件の新着記事が目に入った。志麻の母親が亡くなったことを伝えるものだった。

搬送された時点で意識不明の心肺停止状態にあり、処置が施されたものの、昨日午前二時半頃、病院で死亡が確認されたということだった。

新聞社やテレビ局によるものなど記事はいくつか見受けられたが、どれも内容は似通っていてたいした違いはなかった。ひとつだけ大衆雑誌のニュースサイトに、自殺に使用されたのは直径五ミリ程度の洗濯ロープと書かれてあった。おそらく警察か病院関係者が漏らしたのだろう。記事については志麻には伝えなかった。

仁も同じ意見だったので、アクシデントが生じたときに身動きが取りやすい下道を選択し、国道20号線に入った。

あとは北西に向かってひたすら進めば、長野中部にある諏訪盆地に通じ、その中央に位置する諏訪湖に至る。

車内時計を見た。零時半前だった。二時半には着く計算になる。

「二時半、到着予定」

風子が言った。ミラー越しに志麻が頷いた。

深夜の一般道に車両の姿はまばらだった。風子と同じように積み荷を運んでいるトラックは時折目にしたものの、乗用車はほとんど見かけなかった。江戸時代に整備された五街道の一つとあってそれほど道幅があるわけではなかったが、直線が続く閑散とした道路を速度を上げて進んだ。

風子も仁も常に周囲に注意を向けていた。警察車両の姿がないか、追ってくる車はないか。どちらもなかった。それでも警戒を続けた。

三十分ほど順調に走って、山梨県最北端の北杜《ほくと》に入った。長野との県境に位置する市だ。

「もうすぐ長野か」

仁が言った。志麻はずっと窓外を眺めていた。

「足は」風子はルームミラーに目をやりながら言った。ホテルを出る時に急がせて無理をさせたし、その前から歩かせることが続いていたので聞いておいた。

「痛みはあるけど、大丈夫」志麻が返した。「あなたこそ大丈夫なの？　本当に痛み止め、要らないの」

たしかに顔も腹部も痛みはずっと続いていて、極誠会の面々、特にオールバックの顔が目に浮かぶ度に何度もぶり返した。大丈夫、と口にするのも癪だったので、要らないとだけ答えると、志麻が風子の左腕に嵌まった腕時計を示して言った。

「ずっと思ってたんだけど、それ、もしかして育ての親の人の？」

仁が笑った。

「俺も知り合ったときすぐに思ったよ。このくらいの齢の女の子がするような物じゃないからな」

「でも馴染んでる」志麻も小さく笑って、言った。

風子が黙っていると、志麻が怪訝そうにミラーに顔を向けてきた。

「どうしたの？」

その目を見た。しばらく目が合った。志麻は眉根を寄せた状態でこちらを見ていた。

「なんでもない」

風子がひとことそう返すと、黙ってやり取りを聞いていた仁が口を開きかけたので、先に言った。

「極誠会、どう出ると思う？」

「ずっと考えてるけど、わからない。待ち伏せでもするつもりかもしれないが」

仁が返し、続けた。

「諏訪に行くための高速の出口は？」

「諏訪インター」

「そのあたりで張ってる可能性はあるよな。その手前のインターもおさえるだろうし、当然下道で来る可能性も考えるだろうから、この道の先にもいると考えたほうがいい」

結局これといって対策は取りようがないということだった。とにかく先に進むしかなかった。

甲府を出て一時間が経過した。諏訪まで残り半分に至った。

山梨と長野の県境にある橋を渡り、長野県に入った。富士見町という町で、その先が茅野《ちの》市、茅野と隣り合っているのが諏訪だ。

「長野県に入った」

風子は言った。緊張とも安堵ともとれない、形容しがたい空気が車内に漂った。

路面が黒く濡れていた。東京は昨日早くに雨がやんだが、こっちはその後も降り続けていたのだろう。ナビによると次の信号は「富士見」、その次が「富士見町交番前」とあった。実際にあるのかはわからないが、交番の前を通ると思っただけで多少なりとも背筋が寒くなった。

速度を落とし、法定速度を保った。

歩道橋のある「富士見」の信号を過ぎて、緩やかな右カーブにかかった直後だった。

「止まれ」

緊張を含んだ声で仁が言った。それとほぼ同時かそれより前に、風子は既にブレーキを踏んでいた。

ゆっくりとハンドルを切り、路肩に車を停めた。

先にある信号の手前で、警察車両とトラックが停まっているのが見えた。

「また検問……？」志麻が思わず口にした。

「なんでこんなところで――」仁が考え込むように黙った。

理由はわからなかった。検問が風子たちと関係があるのか無いのか、そして関係あるのだとすれば、なぜここを通ることがわかったのか。

いつまでも停車しているのはよくなかった。それだけははっきりしていたので、風子は考えがまとまらないうちにまずは姿を隠すことを優先させた。すぐ先にあった脇道に左折して入り、五十メートルほど進んでからまた車を停めた。

紙の地図を見ながら考えを巡らせ、同じように黙って考え込んでいた仁に言った。

「この道に入る」

仁が地図を覗き込んだ。

ちょうどいま左折して入ったこの脇道とは反対側に、国道20号から右折して入る道があった。そこを行くと県道189号線という道に通じるらしく、それが北北東方向に走って、今度は県道17号線という道にぶつかる。その道を進めば多少のロスはあれど、迂回するような形で諏訪湖に向かえそうだった。

想定しているルートを話した。しばし考えていたあと、仁が頷いた。

車の向きを変え、直進するかっこうで国道20号から右折する道に入った。

それを五十メートルほど進んでから道を三度折れ、目の前に保育園のあるT字路を右折して県道189号線に入った。

ひたすら道を直進した。途中、高速道路の下を潜り、暗闇に包まれた田園地帯を走った。

次の左カーブを曲がった先で県道17号と接続するというところまで来た。速度を落としてカーブを曲がり始め、再びアクセルペダルに足を置こうとした。

風子は、その足を止めた。

同じタイミングで、仁が舌打ちした。

「ここもか」

およそ二百五十メートルほど先、県道17号と交わるあたりに、うっすらと車体の輪郭が見えた。ライトは点けていなかったが警察車両だとわかった。人家と耕作地と森林があるだけで照明もない場所なので、目立つことを懸念して消しているのだろう。

すぐにバックしてUターンし、もと来た道を戻った。今度は途中で右折し、425号という県道に入ってそれを諏訪方向に向かった。

この道は国道20号と、今しがた断念した県道17号の間を並走するように通り、先のほうで右に曲がって県道17号にぶつかる道だった。先程のルートが無理だった場合に次に試そうと考えていた道だった。

その道を進み、右カーブを曲がった。一つ目の信号を過ぎ、二つ目の信号の手前だった。

風子は思わず漏れた溜め息とともに、車を停めた。

もう誰も口には出さなかった。いま走っている道と197号という県道が交わる交差点に、警察車両が停まっていた。

「間違いない。諏訪へ行かせない気だ」

仁が静かに口にした。

風子も同じように思った。地図を見ると、県道197号線は県道17号との交点を起点に諏訪の方向に伸び、茅野市の端あたり、国道20号との交点で終えている道だった。

さっきの検問箇所といい、諏訪方向へ向かう県道の入り口で検問を敷いているということは、諏訪への進行を塞いでいるということになる。ほぼ間違いなく狙いは風子たちと考えるべきで、それはつまり、警察は風子たちが向かおうとしている先を「知っている」ということだ。

「目的地が知られているの？」志麻が不安そうに口にした。

「たぶん、諏訪湖ということまでは知らない。でも諏訪に向かうことは把握してる」

風子が言った。仁が頷いた。

「俺もそう思う。湖畔の公園であることも知っているなら、その近辺かもっと近づいたところでやったほうが効率的だし、検挙できる確率も高いだろうから」

「でもどうして警察が……」志麻が呟くように言った。

「なぜ警察が知っているのか？　それよりも、今どうするかだ」仁が言った。

風子はあらためて地図を見た。目の前にある信号を左折すると、県道１９６号という道に入る。これは東西に走っている短い道で、そのまま進めば国道20号にぶつかる。先程の「富士見」の信号からは北に七キロほどの位置にあたるから目的地に近づくことにはなるが、そこにも検問を敷いている可能性は高い。そう考えた。

「戻る」

風子は言った。

「どこまで」

「最初に検問を見つけた場所」

風子に考えがあることを感じ取ったのか、仁は何も言わなかった。風子はすぐに向きを変え、いま来た道をまた戻って再び県道１８９号線に入り、それを進んで最初に検問を発見した交差点まで引き返した。

時刻は二時過ぎだった。さっきこの場所にいたのが一時半だったから、約三十分、時間をまったく無駄にしたことになる。大きいものから小さいものまで含め、東京を出発してから逆走するのがこれで何度目なのか、風子自身にももうわからなかった。

先ほど左折して入った脇道に再び入り、同じ位置に車を停めた。

仁が、開いた地図に指を持ってきて言った。

「おまえの考えはこれか？」

仁の指は国道20号の左側を指していた。

風子は頷いて、言った。

「国道20号の右側はたとえ小道を進んでも、どこかで県道に入らないといけないし、さっきみたいにいつどこで検問に当たるかわからない。警察の目に留まる可能性も高い。でも左側は山地がすぐ迫ってるせいもあって県道も大きな道も諏訪近辺まで通っていない。狭くて曲がりくねった小道ばかりだろうから走りにくいし時間もかかるけど、検問を敷いていない可能性はある。諏訪に向かうにはこっちを進むしかないと思う」

「でも警察だってそう考えたら、国道の左側の道にもどこかで検問を敷くんじゃない？」

志麻がすぐに返してきた。風子は頷いた。

「だからもし敷くとしたら、ここだと思う」

風子は、ある一点を指差した。

県道16号線という、諏訪湖の西岸をなぞるように抜けていく道だった。

現在地から国道の左側にある小さい道を進んで諏訪に向かったとしても、諏訪湖に辿り着くためにはどうしても茅野と諏訪の境あたりでこの県道に入らざるをえない。

その合流地点が、警察が検問を敷くであろう箇所として風子が示したポイントだった。

「行って、そうだった場合はどうするつもりだ？」風子の説明を聞いて、仁が言った。

「そこで車を乗り捨ててあとは徒歩で向かう。一時間半程度歩くことになるけど」

風子は答えた。しばし、沈黙が生まれた。

「荷物は俺たちで持つとしても、その足で歩けるかだな」

仁が志麻の足に目をやり、言った。

「やる」志麻がすぐに答えた。「それしか方法がないのなら、そうするわ」

依頼主の言葉に、風子はギアをドライブに入れた。

13

点在する家屋と耕作地の間を抜けながら、外灯の乏しい夜道を進んだ。

寝静まった家々の窓はどれも暗く、人っ子一人、車一台通らなかった。風子たちを乗せた軽自動車のヘッドライトの灯りが薄白く闇夜に浮かび、タイヤが砂利を飛ばす乾いた音が静かに響いた。

ナビの画面上では、風子たちの車両をあらわす矢印は道も何もない更地を進み続けていた。風子は、目の前に現れる道と地図を照らし合わせながら行く先を確認し、国道に近づきそうになると大きく迂回するとわかっていても道を変えた。

曲がりくねった道を緩慢な速度で進みながら何度も左折と右折を繰り返し、時に円を描くように蛇行し、鬱蒼と茂った樹々の間を通り抜け、坂を上下した。覚悟はしていたものの、丸二日不眠不休で走り続けて疲労が極限に達している状態でのこの運転作業は、想像以上に風子の神経を擦り減らした。

それでも僅かずつだが着実に、風子たちは諏訪へと近づいていった。検問にも警察車両にも出くわすことはなかった。

途中、電波が悪かったこともあって、風子は車を降り、警察が目的地を知っている理由を確認するため社長に電話した。想定はしていたが、相手は出なかった。それから湯河原の佐古村にかけた。そちらは繋がった。ちょうど急患が出て東京に行くところだったらしい。警察の動向について聞いたが、そういった報道は目にしていないということだった。他に気になることがあったのでそれについても確認して電話を切り、車内に戻った。

出発してから一時間が過ぎた。時刻は既に三時を回っていた。

八ヶ岳から諏訪湖へと流れ込む河川の支流が一帯に溢れているために、川が多かった。道がそれに沿って通っていることも多く、幾度も川縁を走り、小川を渡った。

常に注意を払いながら風子たちは進んだ。可能性が低いとはいえ、警察が張っていないとは言い切れない。集中を切らすことはできなかった。

大きな公園のわきを通り、小さな集落をいくつか通過して、山林に囲まれたゴルフ練習場の敷地らしきそばに来た。

あたりには人家も建物もまったく無く、あるのは高く生い茂った樹木の連なりと濃密な闇だけだった。普通であれば寒々しいその情景が、人目を忍ぶ今の風子たちにはささやかな安堵を与えてくれるものだった。

そのためか、ほんの僅か、車内の空気が緩んだ。

風子の集中力も一旦途切れ、仁もいくばくか力を抜いて姿勢を変えた。

その一瞬だった。

左側に突然黒い車が現れ、激しい衝撃とともに軽自動車の車体が吹き飛び、身体が揺さぶられた。

箱根の峠道で襲撃されたときにもあれだけ耐えた志麻が悲鳴を上げ、風子はあまりの衝撃に舌を嚙んだ。すぐに口内に血の味が広がった。

車が樹木にぶつかって止まると、風子は助手席に目をやった。サイドミラーは跡形もなく吹っ飛んで窓ガラスは粉々に砕け、ドアは大きく内側に凹んでいた。そして、仁が首を斜めに傾いでぐったりと頭を垂れていた。

すぐに後ろを見た。後部座席の助手席側も窓が砕け散り、ドアも同じように歪んで内側にせり出していたが、幸い志麻は運転席側に座っていたために直接的な被害は免れたようだった。目を瞑り、ドアに寄り掛かって肩をおさえながら、もう片方の手で足元の保冷ケースを摑んでいた。倒れたりしていることもなく、ケースは無事だった。

風子は顔を前に戻した。と同時に、窓ガラス一枚隔てたすぐそこで、男が大きく腕を振りかぶっているのが目に入った。

直後、ガラスが砕け散る激しい音がして、破片が風子の身体に降りかかり、男の腕が風子の髪を摑んだ。それからもう一方の手がドアロックを解除した。

ドアが乱暴にこじ開けられ、髪を鷲摑みにされたまま身体ごと強引に引っ張られた。シートベルトがそれを邪魔した。髪が引き千切られそうになり、頭皮が裂けるように痛んだ。

男が舌打ちし、もどかしそうにベルトを外してから風子を引っ張り出して強引に地面に引きずり下ろした。

「会いたかったぜ、小娘」

中腰の姿勢で、黒スーツ姿の男が冷笑を含んだ声で言った。

見上げた。肩まである長髪、額の四角い生え際が目に入った。思い出しただけで胸糞が悪くなる男の顔があった。

「どうした？　俺の顔を忘れちまったか？　あれだけ痛めつけてやったじゃねえか。なあ？」

忘れるわけはないが黙っていると、相手が続けた。

「思い出させてやるよ」

オールバックが風子の全身を丹念に調べ、ポケットにあるナイフを抜き取った。それから刃を出して振り上げ、風子の右太ももに勢いよく突き刺した。

耐え切れず、声が出た。オールバックが下卑た笑みを浮かべて言った。

「いい声で鳴くじゃねえか――後悔してるんだよ、俺は。どうして最初からこうしなかったかってことを。こうすりゃおまえの大好きな運転はできねえ。ちょろちょろ逃げ回ることもななあ？」

唇を必死に噛んで、声を出さないよう堪えた。燃えるような痛みとともに、生温かい血液が服を湿らせていくのを感じた。

大破した軽自動車の向こうで何かが地面に落ちる音がした。車体の下の隙間から、倒れている仁が見えた。そのすぐそばに男の足があった。その足が車の後方へ移動し、見えなくなって、それから足の主が現れ、風子を見下ろした。

「ずいぶんと可愛い車に乗ってるな」

橘が冷たい笑みを浮かべて言った。オールバックが車から志麻を降ろさせると、今度は志麻に冷笑を向けた。

「やっと会えたな、先生。あんたのおかげでたっぷりと稼げそうだ。礼を言うよ」

志麻は唇を噛んだまま黙っていた。そのあいだにオールバックが車体の向こうに回って仁を引きずってくると、志麻のそばに投げ出すようにして放った。

「道具は持ってません」

「俺が回収した」

橘が言い、仁のスミス&ウェッソンを懐から出すと、感触を確かめ、銃口を風子に向けた。

「口がきけなくなる前に聞いておくか。車はどこだ？」

「沼津の繁華街近くの、パチンコ店」なんとか声を絞り出した。

「鍵」

風子はポケットから出して橘の足元に放った。オールバックがそれを拾った。

「聞いておきたいことはあるか？　あるよな？」

仁のほうを見た。地面に両膝をつき、車に右手をかけてなんとか立ち上がろうとしているところだった。左腕はだらんと垂れ下がったままだった。腕か鎖骨が折れたのかもしれない。橘とオールバックが愉快そうにそれを眺めていた。

風子が黙っていると、橘が喋った。

「声を出すのもしんどいか。じゃあ俺から言ってやるよ。おまえたちはこう聞きたいはずだ、どうして自分たちがここを通ることがわかったのか？　ああ、その前に――」

橘がそこで言葉を切った。

「その前にもう一つ、疑問があるよな。どうして警察が自分たちの行く先を知っていたのか？

簡単だよ、俺たちがタレ込んだんだ。ガセじゃないと信用させるために、その女の携帯の番号と〝MARIA〟とかいう薬の名前を伝えてな。関係者からの情報提供だとさぞ喜んだろうよ」

風子は橘を見上げた。橘は煙草に火をつけ、うまそうに吸い込み、ゆっくりと吐き出した。紫煙が闇夜にうっすらと漂った。

「ひとつ謎が解けたろ？　よかったな」

風子は黙っていた。橘は続けた。

「検問を見つけておまえたちはこう考えたはずだ、どうやら警察は自分たちが諏訪へ向かうことを知っている。国道の右側は検問を避けては通れない。でも左側は小道ばかりで諏訪の手前まで大きな道も通ってない。だから検問を敷いていない可能性はある。諏訪に近づくにはこっちを進むしかない——だろ？」

橘がまた煙草を吸い、煙を吐いた。仁は地面に座り込み、車のドアに寄り掛かって肩で息をしていた。側頭部から血が流れ、インナーを赤黒く染めていた。

「おまえたちが下道を選ぶだろうことはわかっていた。こっちとしては待ち伏せるしか方法はない。問題はどこでそれをやるかってことだ。下道で来る可能性が限りなく高いとはいえ、万が一裏をかいて高速を使って来たときのために諏訪近辺の高速出口に人員を割かないわけにもいかない。そんなわけで頭数はさらに限られてくる。選択しなければならない。そこで考えた。どうしたらその選択肢を狭めることができるかってな。人生であれほど地図を睨んだのは初めてだ。だがおかげで気がついた。国道の左右の違いにな。おまえたちも気がついてこっち側を選ぶはずだと思った。そして、ぎりぎりまで国道の左側を県道16号に合流しないように走ったら、必ずこの敷地のわきを通る。ここならおまえたちを始末するのにちょうどいい。そう考えた」

橘が濃闇を背にして言った。

「言っただろ？　また会おうってな。俺は約束は守る男だぜ」

仁が立ち上がろうと右手を使って腰を浮かせた。それに気づいた刹那、橘が仁の左肩にかかと落としの要領で脚を振り落とした。呻き声とともに仁が再びくずおれた。橘とオールバックが声を出して笑った。

「殺し屋。そう慌てるなよ。話はまだ終わっていないんだ」

橘が煙の向こうに浮かべた笑みとともに言い、続けた。

「さて——県道との合流ポイントまで検問が敷かれていない可能性が高いとはいえ、いつ警察に出くわすかと警戒しながらおまえたちは進んできたはずだ。当然だよな、諏訪に近づく道である以上、途中で警察が張っていないなんて保証はどこにもない。が、実はその保証はあった。つまり、ビビる必要なんてなかった——どういうことか、わかるか？」

風子は激しい痛みを堪えながら黙って聞いていた。暑苦しい髪の部下同様、話がまどろっこしくて長い。極誠会がそうなのだろうか？　講釈が続くあいだ、傷口の疼きはさらに強くなっていった。仁は地面の一点を睨みながら、じっと呼吸を整えていた。答えを待つつもりもないようで、橘がまた喋った。

「いいか、待ち受ける俺たちにしたって警察なんぞが近くにいてもらっちゃあ、困るんだよ。

そうだろ？　おまえらの積み荷を奪って痛めつけるのを連中が指咥えて眺めていると思うか？　一方で、向こう側ではしっかりと働いてもらわなくちゃならない。つまり、国道の右側だけに警察がいる状態を作る必要があった。果たしてそんなことが可能か？――悩んだよ。だが諦めなかった。おまえたちのおかげだ。おまえらの泣き叫ぶ声ともがき苦しむツラを見たい一心で、ひたすら考えた。脳味噌の足りない馬鹿どもにも考えさせた。そして閃いた。地球の裏側にいるお天道様は俺たち極道も見捨てなかった」

橘がそこで言葉を切り、唇を歪めてゆっくりと言った。

「警察にはこうタレ込んだのさ――『指名手配中の容疑者が、蓼科高原のロッジに逃亡しようとしているらしい』ってな」

風子の脳裏に自然と地図が浮かんだ。その位置関係を把握した瞬間、風子は橘の言葉の意味を理解した。

「言っている意味がわかったか？――蓼科《たてしな》高原ってのは諏訪の東にある高原だ。東京方面からそっちへ向かう場合、国道20号の右側は通る可能性があるが、左側に関してはルートから完全に外れる。つまり、国道の左側は検問候補にはなり得ない。よって警察が姿を見せることもない。するとどうなるか？　おまえたちが安全策として選んだこっち側の道は、俺たちのために用意された完全な狩り場になるのさ――おまえらを捕らえ、奪い、いたぶるためのな」

橘が屈み込み、風子に煙を吹きかけた。

「小娘。おまえは警察に出くわさなかったことを、読みが当たったとかツイてるとか思ったのかもしれないが、それは全部こっちの筋書きどおりだったんだよ。手のひらで転がされてたたんだ、おまえは」

そこまで喋ると、橘が仁のスミス&ウェッソンを風子の口に無理やり突っ込んだ。硬い金属が当たり、歯が欠けた感触があった。

オールバックがにやにやと笑みを浮かべ、こっちを見下ろしていた。それから視線を横にずらした。その瞬間、オールバックの顔が凍りついた。

直後、甲高い銃声が山中に響いた。一発、二発――。

一発目で橘が振り返り、拳銃を向けようとしたが、風子が銃身にかみついてそれを阻止した。凄まじい形相で橘が風子を睨みつけた。そして引き金を引こうとした瞬間、再び銃声が連続して轟き、橘が崩れ落ちて車体のドアに身体をぶつけ、風子の横の地面に倒れ込んだ。深紅色のシャツがさらに赤く染まっていた。

「聞きたいことがあるよな？　なぜ持っていないはずの道具を俺が持っているのか？　でも、時間がないからおまえたちみたいにだらだらと喋りはしない。悪いな」

右手にベレッタを持った仁が言った。その足元でオールバックが脚をおさえて呻いていた。

両脚の太ももから大量の血が溢れ、流れ出ていた。動脈が損傷したのだろう。

「あんたの意見には賛成だ。俺も後悔してる。たしかに最初からこうしておくべきだった」

言い、仁がオールバックを蹴り上げてどかした。

「立てるか？」

風子は頷き、車体に手をかけてなんとか立ち上がった。

「立てても運転ができなければ意味がないか――俺が運転席に乗ってペダルを担当して、おまえが助手席からハンドルを――」

「左脚がある」

風子はひとこと言った。仁は黙って頷き、ランクルを示した。

「あっちで行くしかないな」

見るも無惨な姿に変貌した軽自動車に目をやった。修理代どころか、新しく買って返す羽目になった。

オールバックのポケットに入っていた車の鍵を奪い、ランクルに乗り込んだ。志麻が持っていたフェイスタオルをもらって太ももの傷に当て、タオルを重ねてきつく縛った。

幸い、狙ってそこを撃たれたオールバックとは違って動脈は傷ついていないようで、出血量はそれほどではなかった。それから、気休め程度ではあったが志麻が強引に差し出してきた痛み止めを受け取り、二人で飲み下した。

エンジンはかかったままだった。ギアをパーキングからドライブに入れ、右脚をドアにくっつけるように寄せて左足でペダルを踏み込んだ。車が動き出した。

「腕、折れたの」

慣れない左足の操作に集中しながら、聞いた。

「折れた。左鎖骨と、もしかしたら肩甲骨も。肋骨もヒビくらい入ってるかもな」

「喋るのは」

「楽じゃないけど大丈夫だ」

「道具、どこに忍ばせてたの」

「忍ばせてたわけじゃない。あいつらにぶつけられたとき、なんとか右腕だけ動かして後ろのこの人に予備のベレッタを預けておいたんだ。俺とおまえは身体確認されるだろうから。さすが学者先生だよ、意図をすぐに感じ取って何も言わずに上着の中にしまってくれた」

そこで一息つき、仁が続けた。

「で、車の外に引きずり出されてから、あいつらが話に夢中になっている間に気づかれないように渡してくれた。助かったよ」

仁が後ろに言った。志麻が黙って首を振った。

「ひとつ、謝る。俺が武器を持たせたせいでそうなった」仁が風子の脚を示して言った。

「いい、道具は悪くない」

言って、時計を見た。三時半を回っていた。本当のリミットである六時まであと二時間半を切った。

思わず、ペダルを踏む足に力が入った。

家屋が立ち並ぶエリアを川に沿って進んでいると、右の脇道に黒いランクルが停まっているのが目に入った。運転席と助手席に男が座っていた。暗いために顔ははっきりとは見えなかったが、目が合った感覚があった。

そのまま通過した。直後、後方から車の走行音が聞こえてきた。

「この先にも待ち受けていると考えたほうがいいな」

仁が右手に拳銃を構えて言った。後ろで志麻が息を呑んだ。

全長一キロほどの住宅地を抜け、また川沿いを走った。

その間もミラーは後方のヘッドライトを眩く反射していた。軽自動車から四輪駆動に乗り換えて馬力が上がったとはいえ、相手も同じ車両のうえにこっちは左脚での運転とあっては振り切れるはずもなかった。

分岐を直進しようとすると、右の脇道から黒いランクルが突然鼻面を現した。予期していたこともあって咄嗟にハンドルを左に切り、それを避けた。左前輪が道から外れ、すぐにハンドルを逆に切って道に戻った。窮地は乗り切ったが、追跡車両が二台に増えた。

そのまま川沿いを走り続け、県道16号が前方に見えた。

当初は合流するのを避けて小道を進んできたが、橘の話のとおりなら県道に警察はいない。だから、いつどこで入ってもいい。もちろん風子もそうしたかった。

だが合流しようとするポイントには極誠会が待ち受けているに違いなかった。何台が待機しているのかはわからないが、既に連絡を取り合ってこの車に風子たちが乗っていることは把握されているだろう。試みたとして、無事に県道に入れるとは思えなかった。

風子たちが今いる地点の左側には、静岡西部の浜松から茅野を経由して長野の東部まで南北に走っている国道152号があった。それに乗っても県道16号に合流することはできる。だが、その国道に入るためのポイントにも極誠会が待ち受けていると思われた。

分岐路に差し掛かった。国道に入るためには左だった。行きたかったが、わざわざ虎穴に飛び込むような真似はできなかった。右に行った。

すぐにまた二股路に突き当たった。諏訪へ向かうには左だったが、その道を進むと県道への合流ポイントに行き当たる。当然、極誠会がいるだろう。ゆえ、仕方なく右へ行った。

川を渡り、歯痒い思いを抱えながら通過してきた住宅地の方向へ逆戻りするようにして走った。この二十四時間で幾度となく繰り返した逆走の中で、一番もどかしかった。

が――。

風子が黙ったまま何度も後ろを振り返っていると、仁が言った。

「大丈夫だ、後ろは俺が見てる」

「そうじゃない」

仁がこっちを見た。

「さっき諦めた道の景色、見覚えがあった」

一瞬、車内に沈黙が生まれ、志麻がわずかに身を乗り出した。

「来たことがあるの？」

風子はナビの一点を指差した。腸のように大きく湾曲している国道152号線の左側、「安国寺トンネル」とある南西あたりだった。ナビには何も表示されていないエリアだった。

「国道を南から来て、このあたりに行った気がする。すごく小さい頃だけど。たしか金属加工業者の処理施設だった」

タツヒコが浜松にある自動車部品メーカーの工場で廃棄部品だかスクラップだかを積み、山間のその処理施設まで運んだ。おそらく国外の闇ブローカーあたりに売り捌くためのものだったのだろう。

「でも何もないぜ？」仁がナビを見て言った。

住所で検索してみてくれるよう頼んだ。仁がスマホに住所を打ち込んだ。すぐに仁の眉間に皺が寄り、押し黙ったまましばらく画面をスクロールし続けた。あまり見たことのない表情だった。

「なに？」

聞いても、仁はしばらく黙っていた。何かしら安易に言葉を発してはいけないような緊張が車内を包み、それを感じて志麻も黙っていた。やがて、仁がおもむろに口を開いた。

「たしかに何もないわけじゃない。たぶん、何年か前にその施設があった土地を買い取ったんだろうな。ここはいま——」

仁が静かに言った。

「宗教施設だ」

14

高校を卒業してすぐ、警察官だった父親の勧めもあって仁は一般曹候補生として陸上自衛隊に入隊した。勤勉で職務熱心な父を見習い、仁は心身を削って任務に当たった。

だが、三曹に昇任して間も無い頃から、母親がキリスト教系の新興宗教にのめり込み、周囲の説得も顧みず信仰は激しさを増していった。献金を重ね続けて多額の借金を抱え、意思疎通も図れなくなった母に憔悴し切った仁の父親は寝ている妻の顔に枕を押し当て、自らも命を絶った。

警察は真相を隠した。ギャンブルでの借金を苦にしての心中事件とした。その宗教団体が、公安委員会に力を持つ政治家に多額の寄付をしていたために圧力がかかったのだ。仁は抗議した。警察上部に掛け合い、隊の上司にも訴えたが黙殺された。仁は自らが信じ、人生を懸けてきたものが虚像だったことを悟り、除隊した。

まだ二十四歳の若さだった。全てを失い、自暴自棄になって荒れていた仁を拾ったのが池袋を拠点に活動する指定暴力団系の下部組織だった。経歴と境遇を買われて仁は組のボディガードとして人生を再開した。そして襲撃に遭った幹部を守ろうとして相手を返り討ちにしたことを機に、そういった〝仕事〟を引き受けるようになった。それから三年後に暴対法の余波を受けて組が解散し、仁はフリーランスとして活動を始めた。

二度目の仕事のあとで、颪子が仁から生い立ちを聞いたとき、仁は最後にこう締め括った。

「いいか、国家もヤクザもやるときはやるし、おっかない。でも一番やっかいなのは〝宗教〟だ。なぜなら理屈や情が通用しないから。だからよく覚えておけ——宗教とはやり合うな」

実体験からもたらされたもののためか、仁の言葉には切実さと重みみたいなものがあった。以来、颪子は宗教組織が関与している仕事かどうかを自然と気にするようになった。幸いと言うべきか、これまでのところ経験したことはなかった。

ステアリングを操作しながらそんなことを思い出していると、仁が携帯の画面にじっと目を向けたまま喋り始めた。

「世界真和教団——戦後間もない一九四九年に進駐軍の通訳だった斎藤某が設立。習合系の新興宗教で、人間に本来備わっている超自然的な力を取り戻すことによって幸福を得ることを説いている。全国百八十四箇所に拠点を持ち、台湾、アメリカ、タイ、インドネシア、ブラジルなどにも海外支部がある。教徒は公称約二十三万人、傘下に政治団体と学校法人も抱えてる」

「歴史も規模もあるんだ」

「問題もある」

隣を見た。

「二年前、組織の解体を叫んでいた地方議員の自宅が深夜に放火される事件があった。死者は出なかったけど一酸化炭素中毒で一家全員が救急搬送された挙げ句、議員の娘が顔に一生残る大火傷を負った。信徒の犯行だと言われているけど、結局証拠不十分のまま不起訴で幕引き。

当時だいぶ問題になった。俺も覚えてる」

「厄介だね」

「まだある」仁が続けた。

「オウム真理教による地下鉄サリン事件があった後、大衆週刊誌の雇われ記者が話題作りの目的で体験取材と称してこの教団に入信した。ところが、三ヶ月の予定だったはずが半年経っても戻ってこないし連絡も取れなくなって、とうとう家族が警察に連絡した。それで警察が教団に問い合わせたけど、『そんな人物は知らない』の一点張り。結局行方も消息もわからないまま捜索は打ち止めになった。ところが十年後、その記者がひょっこり戻ってきた。敬虔な信者になってね。再会を泣いて喜ぶ家族にもまったく興味を示さなかったらしい。結局そのまま家族とも知己とも縁を切って、その後も教団の人間として人生を歩んだ。これも当時、世間を相当騒がせた事件だったみたいだ」

「そのカルト団体の施設になってるんだ」

仁が頷いた。

「信者の集会や研修を行うための大型複合施設みたいだな。ホールや宿泊所、農地に運動場なんかもある——加えて言うと、昨日から〝大霊祭〟なる全体集会が開催されていて、全国津々浦々、国外からも信者が集まってるみたいだな」

再び、家屋が点在する区画に戻ってきた。後ろの二台も変わらず距離を置いてついて来ていた。無理をするつもりはないらしい。どこにも逃げ場がないことをわかっているからだろう。このまま逆走し続けるわけにはいかなかったが、諏訪へ向かおうとすれば県道か国道への合流地点で極誠会の連中が待ち受けている。袋小路だった。

風子が黙ってハンドルを握っていると、仁がこっちを向いて言った。

「おまえ、いま何を考えている？」

ややあって、風子はナビ画面を指差して言った。

「処理施設から帰るとき、敷地の裏門からこっち側に出た」

風子が指差したのは、県道16号との合流が避けられないとしていたポイントよりも諏訪寄りの地点で、諏訪大社上社本宮の手前あたりの山麓だった。諏訪湖からは七キロほど。そのときは裏門から敷地を出たあと、すぐそばの諏訪インターまで行って高速に乗って東京へ戻った。

風子はそれを思い出した。もし当時と同じようにその場所に出られれば、極誠会が待ち伏せているであろう地点を大きく飛び越すことができる。

「……つまり、もし今も敷地が当時の形を残しているなら、施設の中を通れば極誠会に捕まらずに諏訪へ抜けられるって言ってるのか？」

風子は頷いた。

「おまえ、前に俺が言ったことを覚えているか」

「覚えてる」

「そうだよな。おまえはそういうことを忘れない」

「でも他に方法がない」

仁が溜め息をつき、言った。

「いいか、もしおまえの言うように侵入して、教団の人間に捕らえられたとする。警察に引き渡されればそれでおしまい。ジ・エンド。でもそうはならないかもしれない。監禁されて毎日毎日教義を唱えさせられて、四六時中信徒に監視された状態で世間から隔離された生活を送るかもな。それから幹部の慰み物にされて、自分でも気づかないうちに信者になっているのさ、あの記者みたいに」

仁が後ろを向いた。

「あんただって、何の疑問も持たずに教団の利益のために研究に勤しんでいるかもしれないぜ？」

志麻は黙っていた。風子が嘆息混じりに言った。

「勝手な想像でしかない」

「百も承知だよ。それから、次からは〝偏見〟と言え」

仁がすぐにそう返した。気詰まりな沈黙が生まれた。ややあってから、風子がまた言った。

「じゃあ極誠会の連中とやり合うの？」

「俺はそのためにいるからな」

「むこうのほうが圧倒的に数が多い。こっちは満足に動けない」

「よく聞く話だな」

「勝算は」

「想像に任せるよ」

「らしくない」

「らしい？　ずいぶんと俺に詳しいんだな」

「私は施設を通る案に賭けたほうがいいと思う」

「裏門が今も残っているという保証はない。道が通じていなかったらどうする?」

「でも可能性はある」

「希望的観測だな」

「他に希望はない」

「それを希望とは呼ばない。一か八か、ただの運頼みだ」

「それでも、いまの私たちよりは頼りになる」

「初めて意見が割れたな」

そこで二人とも黙り、また沈黙が訪れた。今度はそれがしばらく続いた。タイヤと道が擦れる音が耳に届いた。

やがて仁が大きく溜め息をつき、風子に言った。

「おまえが決めろ。俺の依頼主はおまえだ、その判断に従う」

「もう一度聞く。勝算は?」

「想像どおりだ」

仁が答えた。それで決まった。

風子は道筋を思い浮かべた。さっき諦めた道を走って国道152号との合流ポイントのほうへ向かうと二股路がある。それを左へ行くと国道と合流し、逆に右へ行くと、「安国寺トンネル」とあった国道の上を通過して道は行き止まるが、その手前に敷地への入り口があるはずだった。

画《え》を描き終えると、風子はコーナーを曲がって諏訪方向へと向きを変えた。小道が網の目のように入り組んだ区画を抜け、川沿いを走った。

後方からは極誠会の車がついて来ていた。風子たちが諏訪へ向かうべく強行突破を決め込んだと思っているのだろう。風子は件《くだん》の二股路までやってくると、右へ曲がった。予想どおり、分岐のすぐ左脇に黒のランクルが待機していた。それを横目に反対方向へとアクセルを踏んだ。

トンネルの上を通り、道を進んだ。追ってくる車はなかった。先が行き止まりであることを知っているからだろう。おそらく風子たちがそのことを知らないと思って、今ごろ鼻で笑い合って煙草でもふかしているのだろう。そしてすぐに戻ってくると信じ込み、ここでけりをつけるつもりで舌舐めずりしながら拳を鳴らしていることだろう。

道は記憶のとおりだった。両脇を密生した樹林に挟まれた細い山道を進み、もうすぐ分かれ道があるはず、と思ったらちょうど前方に現れた。それを左に曲がった。

それから百メートルほど走った。その半分くらい先で道が終わっていた。記憶どおりなのはそこまでだった。

記憶の底にあった錆びた鉄門とは似ても似つかない、トラック二台はゆうに通れる大きさの堅牢な門扉が目の前に現れた。

そこから、背の高い樹木に覆われた敷地がずっと先まで広がり、その途中にコンサートホールほどの巨大な建造物が聳え立っているのが見えた。

それは、天守閣の屋根を何層も積み重ねたような異様な外観を備え、黄金色をベースに鮮やかな色合いで装飾されて月の光を照らし返していた。その不釣り合いで物々しい光景が、夜闇を切り裂くようにして静まり返った山間に浮かび上がっていた。

「黄泉の入り口みたいだな」

仁が呟くように口にした。

15

門の前で車を停め、降りた。

あたりには物音ひとつしなかった。集落からは遠く離れ、高く聳え立った樹々が織り成す濃密な山林に一帯を囲まれていた。風もなく、虫や動物たちの鳴き声も聞こえてこなかった。あるのは月の薄明かりに照らされた、浮き世離れした建物の姿だけだった。

風子と仁は門の前に立ち、その超然とした光景をしばらく眺めた。

門の脇には五メートルほどの高さに防犯カメラが設置され、門柱にインターホンらしき突起物があった。

風子は着ていたスタジャンを脱いで腰に巻き、太ももの怪我を隠した。仁も側頭部から顔に流れた血を拭い、キャップを被った。左腕はだらんと垂れ下がっていたが、動かないことまでは傍目からはわからなかった。

仁が風子に顔を向けた。頷き返すと、仁がインターホンを押した。小さなランプが灯った。音はしなかった。

一分待ったが、何も起こらなかった。仁がもう一度押そうとすると、はい、という女の声がした。

「夜分遅くにすみません」仁がインターホンに向かって喋った。「実は入信を希望しておりまして、こんな時間に失礼とはわかっていながら、心を決めたら居ても立ってもいられず、伺ってしまいました」

ややあって、声が返ってきた。

「いま参りますので、そちらでお待ちください」

待った。十分ほどして、敷地の中からこちらへ向かって歩いてくる男女の姿が目に入った。二人は門の手前までやってくると、脇にある通用口の扉を開け、外に出た。

応対した人物だろうか、女のほうは四十がらみでまっすぐな黒髪をひっつめ、黒のボトムを穿き、白の上衣を着ていた。寝ていたのか定かではないが、化粧気はなく、小ぶりな目と薄い唇が静謐な印象を与えた。

男のほうはおそらく五十手前といったところで、耳の上で刈り上げた短髪と精力的な顔立ちが政治家然といった感じだった。こちらはグレーのスラックスに白いシャツを身につけ、女と同じ物らしき白い上着を羽織っていた。教団の支給品なのかもしれない。

「こんな時間に申し訳ございません」仁が再度詫びの言葉を口にし、風子を示した。「妹です」

風子は軽く頭を下げた。その倍以上、男と女が頭を下げた。二人が顔を上げ、風子と目が合った。不思議に奥行きのない目だった。

「こちらに信者の方が集まっていることを知って、東京から参りました」仁が言った。「教団の一員になりたいと希望しております」

二人が同時に頷いた。男のほうが口を開いた。

「私どものことはどちらで？　何かご縁でも？」

「叔父が信者でした」仁が段取りどおり喋った。「両親を早くに亡くしたこともあって、私も妹も叔父にはとても可愛がってもらい、よく教団の話もしてくれました。そういうわけで、その存在も教えもいつも我々の身近にあったんです。自ずと惹かれるようにもなりました。でも昨年叔父が急逝して、二人とも心が空っぽになってしまったと言いますか、なんだか現実がとても空疎で味気ないもののように感じてしまって——あるいはこれも何かのお導きなのではないかと思い、決心した次第です——な？」

仁がこっちを向いた。風子は黙って頷いた。

男がゆっくりと深く頷いた。「よく、わかります」

女も頷いた。仁も頷き、車を指差した。

「それと、車内に妻がおりまして」

「奥様」女が言った。

「はい。妻は元来精神的に脆く、私が支えないと一人では生きていけない人間なんです。ですが、私のことは信頼してくれています。私の意思は尊重してくれます。いかがでしょうか、妻も一緒に入信することは可能でしょうか」

男がまた深く、頷いた。

「万人に、またそういった方にこそ、我々の教えは救いをもたらします」

仁がさらに深く頷いた。

「ありがとうございます。そう仰っていただけると信じておりました」

仁が間髪をいれずに続けた。「入っても、よろしいでしょうか」

一拍間があり、男が言った。

「ええ。いま門を開けましょう」

「ありがとうございます」仁が言った。「では一旦車に戻ります」

仁が踵を返そうとすると、男がおもむろに手を上げた。嫌な感じがした。

「その前に」男がその手を宙で止め、言った。「手荷物検査をさせていただきます」

仁が男に身体を向けた。「検査、ですか──またどうして？」

女が喋った。「入信するにあたっては、一度、携帯電話など外部との通信連絡手段や録音・録画機能を持つ電子機器等の一切を教団に預けて頂いております」

「加えて、ごく稀にですが、当教団に対して逆恨みを持つ方などが凶器を隠し持つケースもございます。嘆かわしいことではあるのですが」

男が間を置かずに淀みなく続けた。まるで幾度となく繰り返してきたやり取りをなぞっているかのようだった。

仁が寂しそうに微笑を浮かべて、言った。

「信じて頂けてないんですね。信じることが大切だと、教義にあったと認識しているのですが」

男が首を振り、確固とした口調で言った。

「信じるために、行うのです」続けた。「あなた方こそ、我々を信じていないのですか？」

沈黙が下りた。

仁がこっちを見た。風子が頷くと、仁は右手を上着の中に入れ、ゆっくりと拳銃を取り出して男に向けた。周囲の闇よりも色濃いそれが、月の光を受けて鈍く光った。

男も女も声ひとつ発しなかった。平板な目で、射貫《いぬ》くように仁を見据えていた。まるで相手が銃口を向けているかのようだった。

「悪いけど、門を開けてもらえるかい？」

仁が言った。二人とも黙ったまま、一寸たりとも動かなかった。

「聞こえたか？　別にあんたたちに危害を加えようってわけじゃない。ここを通りたいだけだ」仁が皮肉を込めた口調で言った。「信じてくれよ」

「やめなさい」男が口を開いた。静かな声だった。

仁が首を振った。

「開けるんだ」

言い、二人に一歩近づいた。

それでも二人は動かなかった。黙って、先程から変わらない目つきで仁をじっと見つめていた。

「その目だよ」仁が唇を歪めた。「よく知ってる。俺が一番嫌いな目だ」

吐き捨てるように言い、仁が顎を動かした。

風子は右脚をかばいながらそれを気づかれないように通用口に向かって歩き、扉から中に入った。それから扉の脇や門柱を探った。二センチ四方くらいの四角いボタンがあった。それを押した。

音もなく、門がゆっくりと内側に開いていった。風子は再び外に出、運転席に乗り込んだ。

仁が銃口を男たちに向けたまま、ゆっくりと後ずさった。

「やめなさい」男が諭すように言った。「今ならまだ、引き返せる」

仁が首を振った。「事情があってね、引き返すことはできない」

「こんなことをして、あなたたちは現世でも魂の世でも想像を絶する苦しみを負い続けることになりますよ。終わりはありません、永劫その苦しみが続くのです」

女が静かに言った。仁が小さく微笑んだ。

「誰に言ってるんだ？　とうにそのつもりだよ」

仁の言葉に、初めて二人の表情に変化が生まれた。

仁が車に乗り込み、風子はアクセルを思い切り踏みつけた。

車が勢いよく門の内側に入った。風子は速度を上げながら暗闇に包まれた敷地の中を男と女がやってきた方向にひた走った。

ほどなくして、警報器のサイレンのようなけたたましい音があたりに響いた。

場違いに大きな音が静寂を切り裂き、風子たちに降りかかるように襲った。それからすぐに敷地内の照明が一斉に灯り、まばゆい光があたりを照らして風子たちの乗る漆黒のランクルを浮かび上がらせた。これだけ激しい騒音が響き渡り、目も眩むような照明が煌々と光を振り撒いても、山奥深くのこの場所から遠く離れた集落にいる誰も気づきはしないだろう。おそらくここで何かが起こったとしても、それを表に出す意思がないかぎり外部に知られることはないと思われた。

宿泊所だろうか、三階建てで等間隔にずらりと窓が並んだ建物が右手に続いた。校舎のような形で、大きさもそれと同程度あった。左手には、学校のそれよりも広大な運動場が広がっていた。

その間を走っていると、建物の窓が次々と明るくなっていった。眠っていた信者たちが目を覚ましたのだろう。人声も聞こえた。

「敷地内のレイアウトは記憶と近いか？」仁が言った。

風子は首を振った。仁が嘆息した。

建物の位置関係も道になっている箇所も処理施設だった頃とはまったく違っていたが、裏門の方向はわかっていたので、そちらへ向かった。

やがて運動場が途切れ、左手が耕作地のような一帯に切り替わった。そのまま進んだ。かなり先の前方に、道を塞ぐようにして白い仕切りのようなものが見えた。最初は柵の類いが置かれているのかと思った。だが違った。人間が横一列に並んでいた。

十人から十五人といったところか、老若男女入り混じっていたが、全員が門前で出迎えた男女と同じ上衣を着ていて、その白い連なりが、壁のようにして風子たちの行く手を遮っていた。

クラクションを鳴らした。だが壁は一センチたりとも動かなかった。その場に直立し、じっとこちらを見据えていた。

「どかないつもりなの」志麻が声を上げた。

仁は唇を嚙んで前方を睨んでいた。当惑と苛立ちと焦りが混濁したような、仁のそんな表情を見るのは初めてだった。

信者のバリケードとの距離が五十メートルを切った。激しくクラクションを鳴らし続けた。甲高いホーンの音と、終始鳴り響くサイレンの音が反響し合った。

効果は無かった。誰ひとり微動だにしなかった。二十メートルを切り、風子は諦めてステアリングを一気に左へと切った。

車が急角度で左に流れ、耕作地へ乗り上げた。車体が上下に揺れ、刺された太ももに衝撃が伝わって思わず歯を食いしばった。仁を襲った痛みがさらに激しいだろうことは横を見なくても容易に想像がついた。ミラーを確認すると、志麻と目が合った。大丈夫、とむこうが目で伝えてきた。

車の向きを修正し、そのまま耕作地を猛進した。四輪駆動の車両であることが役に立った。もしもこれが甲府から乗ってきた軽自動車であったなら、地面に車輪を取られてこうはいかなかっただろう。

信者たちも耕作地に足を踏み入れて車体に近づこうとしてきたが、自動車と人間の足力では比ぶべくもなかった。風子はアクセルを踏み続け、車体を上下左右に揺らしながら再び道へ戻った。

「なんて人たちなの」足元の保冷ケースをかばいながら、志麻が後ろを振り返って吐息とともに言った。

「俺もそう思うよ」仁が静かにそう返した。

信者の一団を振り切り、さらに速度を上げて進むと、道が右へと直角に向きを変えていた。

それに従い、曲がった。ちょうど校舎のような建物の側面に沿って走る形になった。道の反対側には暗い山林が奥まで広がっていた。それが裏門の方角だった。

建物の裏手は大きな駐車場になっており、沢山の車両がその広大なスペースを埋めていた。軽自動車から高級車まで、車種も大きさも様々だった。観光用の大型バスも停まっていた。車を持たない信者を乗せてきたのかもしれない。いまこの施設に国内外から大量の信者が集っているというのは事実のようだった。

それを横目に見ながら進み、円形交差点に突き当たった。円の中心には稼働していない噴水池があり、それを取り囲む円周部分が道になっていて、さらにその外側に芝地が広がっていた。その芝地の四方から、白い一群が現れた。七、八人くらいの頭数で、一部が消防隊員が持つような太くて長いホースを両腕に抱えていた。その先端が、風子たちの乗る車に向けられた。そして、水が一斉にほとばしった。

フロントガラスもドアガラスも一気に水の膜で覆われ、視界がまったく利かなくなった。風子は思わずブレーキペダルを踏んだ。車が止まった。

その直後、水膜でぼやけたフロントガラスの向こうに人間の輪郭がうっすらと浮かび上がった。それが動いて、鈍い音とともにガラスに衝撃が走った。

何を使って叩き割ろうとしているのかはわからない。バットなのか角棒のような物なのか、打たれる度に振動が車内まで伝わった。信者たちは勢いのある水をガラスに浴びせかけて風子たちの視界を奪いつつ、フロントガラスや窓ガラスを叩き続けた。当然、連中は車体と一緒に水を浴びてびしょ濡れの状態だろう。だがおそらく、そんなことは気にも留めていないに違いなかった。

何度も何度もガラスに衝撃が加えられた。最初は小さなヒビ程度だった亀裂が、徐々に蜘蛛の巣のように広がっていき、ついに一部が割れ、破片と一緒に放水が風子たちに襲いかかった。破片は防いでも、水はそうはいかなかった。凍りつくような冷たい水が顔や身体に降りかかった。それと同じくして、運転席の窓ガラスが粉々に砕け散り、白い腕が入り込んできて風子の肩のあたりを摑んだ。

「くそっ」

仁が舌を鳴らし、車から飛び降りた。そして信者たちに向かっていった。

すぐに仁が取り囲まれ、六十くらいの男から後頭部に一撃を受けた。よろめいた瞬間、もう一人が竹竿のような物で横殴りに仁の背中のあたりを打った。思わず仁が地面に手をついた。さらにもう一人が、俯いた状態の仁に向かって角材を振りかぶった。その直後、仁が天に向かって発砲した。

空を裂く破裂音に信者たちが動きを止め、一斉に後ずさった。そのために、風子たちの前が開けた。

瞬間、風子は助手席のドアを押し開けて車を発進させた。動き出した車体に仁が飛び乗り、身体が座席についたのを確認すると、風子はアクセルを踏み込んだ。

「大丈夫？」

再び走り出した車内で、志麻がすぐに声をかけた。

「問題ない――」仁が頭をおさえながら無理に笑った。「こうなることは覚悟してた」

仁を見た。仁がこっちを見返して言った。

「あいつらは守ろうとしているだけだ」

何があっても手を出すつもりはない、と仁がはっきりと伝えてきた。最初からそのつもりだったのだ。風子は黙って頷いた。

オープンカーさながら、外気に晒された状態で走った。フロントガラスと運転席に加え、後部座席の窓ガラスも全壊というほどではなかったが大きな穴が開いていて、四方から吹き込んでくる冷たい風が湿った身体を直撃して風子たちの体温を奪っていった。鳴り響くサイレンの音も今まではっきりと耳に届いてきたが、外灯の数は減って周囲の暗さは増していた。

痛みと寒さに耐えて走っていると、前方に分岐路が現れた。直進する道と、右に曲がる道だった。おそらく右は風子たちが入ってきた門の方向へと戻るような道で、直進のほうはどこに行き着くのかまったくわからなかった。

裏門は左手方向だったが、道は無かった。敷地を買い取ったときに門は取り壊し、そこへと通じる道も埋め立ててしまったのだろうか。もちろんその可能性はあった。だがもしそうなのであれば、風子たちの賭けは負けということになる。このまま教団の敷地外に出ることは叶わない。風子たちの身上もどうなるかわからない。

為す術もなく、消去法で風子は直進する道を選択した。進むと、樹木に挟まれた道が徐々に右にカーブしていった。やがて樹々の隙間からぎざぎざとした建物の輪郭が見え始め、道が終わって眼前にあの奇怪な建造物が現れた。

それは緩やかなスロープの上に屹立していて、その周囲が広大な広場になっていた。何かの工事のために用意されていたのか、小型の青いダンプカーが二台停まっており、風子たちがもたらした緊急事態のためだろう、白い服を来た信者たちがあちらこちらに集っていた。不法侵入者の車両に気がつくと、その全員が一斉にこちらに顔を向けた。

風子は信者たちの間を縫うようにして広場を突っ切った。走り抜けようとする際、ダンプカーの近くに集まっていた信者の一人が何かを投げつけてきた。割れたフロントガラスからそれが中に入り、ダッシュボードに当たって大きな音を立てた。

コンクリートの破片だった。

「隠れろ」

すぐに仁が志麻に向かって怒鳴り、志麻が運転席の後ろに身を屈めた。

信者たちはダンプカーの荷台に山と積まれた破片をこちらに向かって投げ続けた。雹《ひょう》に見舞われたかのようにそれが激しい音を響かせ、窓から入ってくるものは仁が身を挺して防いだ。車体に当たって弾け飛んだ欠けらが風子の目の上を直撃し、痛みのあまり両手を離しそうになったが、歯を食いしばって持ち堪えた。

ハンドルをきつく握り締めて耐えながら、なんとかダンプカーの脇を通り過ぎた。乗り切ったと思ったら、後ろから悲鳴が上がった。

後部座席の割れた窓から投石が入り込み、志麻の頭に当たったようだった。志麻が側頭部をおさえて下を向いていた。

「大丈夫か？」仁が切迫した声で言った。

「大丈夫……」ケースを守るようにして抱きかかえた姿勢で、志麻がなんとか声を出した。

「やっていることは私も変わらない――奪われないために必死なだけ」

どうすべきか考えがまとまらない状態で、ハンドルを繰《く》った。反時計回りに弧を描くような形で広場を周回し、円の四分の三ほど来たところで、建造物の後ろを通っている小径が目に入った。瞬間、それに向かった。

道に入り、突き進んだ。それは裏門があった方向だった。やがて、倉庫のような二階建てくらいの小ぶりな建物が視界に現れた。一階部分にトラクターや農業機械のような車両が停まっていて、建物の周囲には樹木があるだけだった。

その風景に、見覚えがあった。建物自体にではない。背景や樹々の並んだ感じが、記憶の中にあった。その一帯だけは処理施設だった頃と変わっておらず、もしそうなら裏門はその先にあるはずだった。この敷地に侵入してから初めて、風子は手応えのようなものを感じた。

建物の前を通過してしばらく走った。と、今度はY字形の二股路が現れた。そこで風子は止まった。

「どっちだ？」仁が言った。

「わからない」風子は言った。「でも、この先がそうなのは間違いない」

「前に通った裏門？」志麻が言った。

「裏門があるかはわからない。でも抜けられれば、諏訪に行ける」

風子は二つの道をじっと見据えた。ただ向かう先が違うだけで、道幅も舗装されていない路面の様相もまったく同じだった。どちらかを選ばないといけない。が、判断のしようがなかった。

「どっちだと思う？」仁が言った。

「左」

「あんたは」

風子は答えた。

仁が志麻に向かって言った。

「私？」志麻が眉間に皺を寄せた。

「勘でいい。わかりっこないんだから」

唇を結んで道を睨んでから、志麻が言った。

「右」

仁が笑った。「また意見が割れたな」

「あなたは？」

「いや、俺はいい」

「どういうこと？」

「俺はここまでだ。降りる」

風子は仁を見た。仁が言った。

「もし門が潰されていてこの先が抜けられないのなら、どっちの道を選んでもアウト。でももしどっちかが通じているなら、チャンスはある。確率は五分と五分。選んだ道が正しければそのまま諏訪へ行ける。でももし行き止まりだったり道が違っていたら、もう一度ここまで戻ってきて逆の道を行かなければならない。そうだな？」

その時点で、仁の言おうとしていることがわかった。仁が続けた。

「俺たちがこの道へ来たことを連中は把握してる。高い確率で追ってくるだろう。そのとき、ここを塞がれたらアウトだ。もし道が間違っていて戻ってきても、そのまま捕まってしまうからな。だから、だからあいつらをこの分岐に来させるわけにはいかない」

「だから、あなたが残って彼らを阻止するというの？」

志麻が言い、仁が頷いた。

「さっき小屋があったろ？　たぶん連中は車を使ってくるだろうから、あそこに身を隠して相手の足を奪う。そのあとは持久戦だな。どれくらい時間を稼げるか、どこまで持ち堪えられるかはわからないけれど」

仁が言い、足元の鞄に手を突っ込んで準備を始めた。ややあって、志麻が言った。

「今更だけど、ずっと思ってた。あなたたちはすごい」

仁が小さく笑った。

「そうでもないさ。あんたのほうこそ結構とんでもないことしてると思うけどね。あまり創造主みたいなものを怒らせないようにしておけよ」

「そうね」志麻も小さく笑った。「でも私もあなたと同じように、地獄に堕ちる覚悟はできているわ」

仁が何も言わずにまたほんの少し笑い、鞄のファスナーを閉めてから、言った。

「じゃあ行くぜ」

風子は頷いた。仁が鞄を持ってドアを開け、振り返って風子を見た。

「世界なんてどうだっていい。ただやり切れよ」

「そっちも」

「ああ。やれることをやるよ。それしかできないからな」

仁が車を降り、後ろに向かって歩いていった。風子はほんの二、三秒、ミラーからその背中を見ていた。それからすぐに目を離し、アクセルを踏んだ。

16

「どっちにするの」志麻が後ろから声を上げた。

「右」

「でもあなたが左と思うんだったら――」

「依頼主に従う」

風子はそう返し、分岐路を右に進んで、剝き出しになった土の上を走った。

空高く伸びた樹々が周囲を取り囲み、頭上までその枝葉が覆っているために道は暗かった。照明もまったく無かった。

志麻が右の道を口にしたのはおそらくこの敷地から見て諏訪湖が右の方角にあるからだろう。風子にもそれはわかっていたが、道がどういう続き方をしているのかは見当がつかない。かといって、風子が左と答えたのにも何か根拠があるわけでなかった。仁が言ったとおり、ただの勘だった。

しばらく道なりに進むと、十メートルほど先に、地面が黒く染まっているような箇所が見えた。瞬間、風子はハンドルを切ってそこから車輪を逃した。

「どうしたの」志麻が声を出した。

風子は車の体勢を立て直し、言った。

「道が凍結してた。昨日降った雨だと思う」

ノーマルタイヤは氷や雪で思っているよりも簡単に滑る。以前、明け方の甲府でスリップしたとき風子はそのことを強く学んだ。

その後も凍結箇所がないか注意深く地面を確認しながら進んだ。道は緩やかに蛇行を繰り返し、徐々に上っていった。五百メートルほど走っただろうか、突然道が途切れ、伐採されて放置されたままの林木が積み重なっていた。

志麻が嘆息とともに言った。「あなたの意見を採用すればよかった」

すぐに向きを変え、来た道を戻った。半分ほど来たとき、聞き慣れてしまった甲高い音が耳に届いた。志麻が後ろで息を呑んだ。

そのまま走った。また銃声が聞こえた。おそらく仁が信者たちの乗っている車のタイヤを狙っているのだろう。風子は急いだ。相手がどれくらいの頭数で追ってくるのかわからなかったし、反撃のできない仁がどれだけ阻止できるか、時間を稼げるかもわからない。とにかく早く戻る必要があった。

百キロ近い速度で飛ばし、氷が張っていた部分を慎重に抜け、ようやく分岐まで戻ってきた。信者の姿はなかった。

ハンドルを切ってUターンし、左の道に入った。風子は心中で小さく拳を握り、仁に礼を言った。

「あとは、この道が通じているかどうか――ね」

志麻が僅かに安堵を含んだ声で言った。

風子は黙って頷いた。進むべき道はもう無い。この先が諏訪へと抜けていなければ、それでお仕舞いだ。

しばらく進むと、ちょうど田んぼの畦道のように、路面と道路脇に三十センチ程度の高低差が生まれた。それから、左手に小さな空き地のような空間が現れた。その部分だけ樹木が途切れて空が顔を見せ、月の光を投げかけていた。その淡い明かりに照らされて、白のミニバンが四台、道に尻を向けて停まっていた。

すべて「諏訪」ナンバーだった。手前の二台には車椅子を模したマークが貼られ、奥の二台には四つ葉のクローバーをデザインしたマークが貼られていた。どちらも身体障害者用の標識で、車椅子マークはあらゆる障害者を対象としていて、四つ葉のクローバーは肢体不自由者が運転する車に表示するマークのはずだった。

門でやり取りした男が言っていた、万人を救うとかいう言葉を思い出した。そのとおりなのかもしれない。少なくともハンディキャップを抱えた者は含まれるに違いない。風子たちのように法や倫理を犯す人間がどうなのかはわからなかったが。

また銃声が聞こえた。信者が次々と追ってきているのか、状況はまったくわからなかった。仁の働きで可能性の残された道を進むことができたとはいえ、この先で再び道が分かれていることも考えられた。そうであれば、先程とまた同じ手順を踏む羽目になる。風子は先を急いだ。

だが、僅かばかり、風子は希望のようなものを感じていた。

さっき停まっていた福祉車両の存在だった。駐車スペースが設けられていたということは、この道は諏訪に通じているのかもしれない。もちろん見当違いであることも十分あり得た。もし身体の不自由な人間が乗ってきたなり乗せてきたのなら、もっと建物に近い場所に停めるのが普通だろう。実際、宿泊所らしき裏手には広大な駐車場があった。

だが車両がすべて同じ車種で、かつ、当地の「諏訪」ナンバーだったことを鑑みると、四台とも教団の所有する車両で、この施設に据え置かれているという可能性も低くはないように思えた。今回の集会とやらでは使用する機会はなかったが、諏訪に通じるこの道のスペースに常時停められているのかもしれない。一方で、普段は正規の駐車場に置かれているものの今回の集会のために手狭となり、いっときあの空き地に移動されただけということも考えられた。

冷静さを保つ目的もあって、そんなことを頭の中で巡らせながら走っているうちに、眼前に右カーブが現れた。同時に、再び銃声が轟いた。志麻が思わず後ろを振り返った。風子は速度を落とさずにカーブを曲がった。

——曲がろうとした。

曲がれなかった。突然タイヤがスリップし、左後輪が道から外れ、脇に落ちて車体が傾いた。しまった、と思った。

でももう遅かった。重力に抗うことなく一気に車体は傾き、そのまま勢いよく地面に倒れ込んだ。

その衝撃が過ぎ去ると、風子は身体が地面と平行になった体勢ですぐに後ろを振り返った。志麻は同じ格好で呻いていたが、それでも保冷ケースを手でおさえ込んでいた。声をかけようとすると志麻がこっちを見て、頷いた。風子はほっと息をついた。

空に向かってドアを押し上げ、両腕をドアの下部分――サイドシルにかけてなんとか身体を起こし、這うようにして車から抜け出た。そして、道脇の斜面に寄り掛かり、脚を伸ばして座り込んだ。

「……何が、起こったの？」

志麻が同じように車から抜け出し、脇腹を晒しているランクルを呆然と見て言った。

完全に風子のミスだった。

カーブに、氷が張っていたのだ。

直前に銃声を耳にして、急ぐことだけに意識が向いた。前方だけを注視し、路面の確認を怠り、速度を落とさずにハンドルを切った。そして車輪が滑り、勢いがあったためにそのまま道からはみ出して横転した。

自らに腹が立った。以前、気をつけることを学んだはずなのに、そしてさっきまではそれをしていたのに、また同じミスを犯した。冷静であろうと努め、続けられていたのに、一瞬で吹き飛んだ。

「急いで、車を起こさないと」

志麻が後ろを振り返ってから、不安そうにそう言った。まずもって女二人の細腕でそれができるかを懸念しているのだろう。そして、その間に信者たちがここまでやってこないかを危惧しているのだろう。だが、事態は最早そんな状況ではないことを風子はわかっていた。

「行って」

座り込んだまま、風子は言った。

志麻が僅かに眉間に皺を寄せた。

「もう動かないというの？」志麻が横倒しになっている車体を指した。

風子は首を振った。

「車は大丈夫」

「じゃあ――」

「私が、動けない」

風子の言葉に、志麻が目を見開いた。

左足首をやってしまったようだった。当然といえば当然だった。右足の位置にあるペダルを踏むために左脚を無理に伸ばした不自然な体勢をしていたところに車体がひっくり返ったのだ。勢いよく横転した際、左足が嫌な方向に曲がったのがわかった。捻挫程度なのか、骨までいっているのかは判別できなかったが、もうペダルを踏めないことは間違いなかった。

そう、志麻に言った。

志麻は口を微かに開け、困惑と焦燥が入り混じったような表情で風子をしばらく見つめた。

「ここであんたが行かなかったら、やってきた意味がなくなる」

風子は言った。

志麻は唇を噛み、意を決したように車の中に身体を突っ込むと、薬が入った保冷ケースとボストンバッグを取り出した。それからケースを肩に掛け、バッグを摑んだ。

「薬は無事？」

「おさえていたから大丈夫」

志麻の返答に風子が頷くと、志麻が封筒を差し出してきた。

「残りの報酬よ。これがいまある現金すべて」

風子は首を振った。志麻はしばし風子を見ていたあと、封筒を地面に置いた。

「置いていく」

「受け取れない」

「そうはいかないわ」

「受け取りたくない」

風子は封筒を掴んで、志麻に突き返した。志麻はまた黙って風子を見つめ、小さく息をついてからそれを手に取った。

「はやく」

風子が言い、志麻が一度だけ頷いてからゆっくりと歩いて行った。

右足が痛むのだろう。本当は走りたいところだろうし、急いでいるのはわかったが、いくらかの早足程度でしかなかった。腕時計に目をやると四時半だった。諏訪湖までおそらくあと七、八キロ程度。あのペースでは六時にはとても間に合わないだろう。風子はしばらくその後ろ姿を見守るようにじっと見つめていた。やがて樹木に遮られて見えなくなると目を離し、斜面に寄り掛かって頭をもたせかけるようにして天を仰いだ。

枝葉の隙間から、丸い月が見えた。左側がわずかに欠けていたが、ほぼ真円に近かった。その冷たく穏やかな光をしばらく眺めた。

依頼を遂げられなかったのは初めてだった。初めてだったから、こんな気持ちになることも初めて知った。その感情が、自分でも意外だった。

銃声は聞こえてこなかった。仁はいま、身体を張って信者が先に行くのを阻止しているのだろうか。おそらくそうだろう。自分はやり切れなかったが、仁はどこまでやるだろう。やれることをやる、と仁は言っていた。それしかできないから、と。

自分はやれることをやったのだろうか？

左足首が熱く疼いていた。刺された右太ももの痛みは終始続いていたために、まるで元々そこにあったみたいに身体に染み込んでしまっていた。殴られた顔の痛みも、蹴られた腹の痛みもそうだった。身体中が様々な痛みで満ちていた。

気がつくと、唇を強く引き結んでいた。

でもそれは、痛みのせいではなかった。

17

気を失ってしまったのだろうか？

目が開くと、円い光が目に入った。

それからスタジャンのポケットの中が揺れていることに気づき、手を入れた。携帯電話だった。取り出すと、社長からの電話だった。通話ボタンを押した。

「月がきれい」

そんな言葉が勝手に出た。電話の向こうで、相手があん？、といった声を発した。

「なに言ってんだ、おまえ？　何回電話したと思ってんだ」

「いま何時？」

今度はそう言った。社長が苛立ちを含んだ声で返した。

「今度はなんだ」

「時間見ようと思ったら、電話だったから」

違うか、と思った。着信があったから携帯を取り出して、電話に出てから時間を知りたいと思ったのだ。左腕にはタツヒコの腕時計もあったが、疲れ過ぎて腕を動かすのもおっくうだった。

「何時？」繰り返した。

舌打ちのあと、返ってきた。

「四時四十分」

意識をなくしたわけではないようだった。志麻が発ってから、十分足らずしか経っていない。いや、それも違った。そうなってしまったのだろうが、すぐに電話で目を覚ましたということだろう。

「ずいぶんと余裕じゃねえか」社長が言った。「ということは、完了したと考えていいんだな？」

「駄目だった」

一拍間があってから、相手の声が届いた。

「駄目だった？」同じ言葉がゆっくりと繰り返された。

「こっちはおまえと違って頭が悪いんだ。わかるように説明してくれるか？」

簡潔に、というわけにもいかなかったが、かいつまんで——それもうまくいかなかったが、疲れた頭でなんとか事の経緯を話した。なんだか一日にあったこととは思えなかった。

話し終わってから、しばらく沈黙が続いた。風子はその間もずっと月を見ていた。こんなふうにじっくり月を眺めるなんてことは、たぶん初めてだった。今日は初めてが多い。

ようやく、社長が口を開いた。

「……つまりあれか？　おまえらは警察と極道と、ついでにスパイだかカルト集団だかに追われながらもなんとかそこまでやってきて、目的地はもう目と鼻の先ではあるが、おまえは両脚が動かないから運転はできない。そして、リミットまで時間もない。だから依頼主と荷物だけ行かせた——そういうことか？」

「そういうことだと思う」

「いい予感がしねえな」

社長が言った。このあと何を聞かれるか察しはついたが、黙っていた。

「聞いてもいいか？」

「いい」

「金は？」

「依頼を完了できなかったから、受け取ってない」

予想どおり、社長が大きく舌打ちをした。

「どれだけ馬鹿なんだ、おまえは」

そうだろうと思ったから、何も言わなかった。

「車椅子でもあれば、辿り着けたのにな」社長が皮肉をたっぷり込めて言った。

「それじゃあ、運ぶんじゃなくて運ばれてることになる」

「もういい、そのままそこで野垂れ死ね」

「そうなるかもしれない」あるいは、仁の言う〝偏見〟のように、白い服の信者たちに捕らえられて気づいたら自分も同じ服を纏っているか。

社長が嘲笑を含んだ声で言った。

「よかったじゃねえか、親父に会えるんだからよ」

「そうだね」

そう言った。しばらく沈黙があったあと、予想外に静かな声が耳に届いた。

「おまえ、あれか？　本当にもう店仕舞いってわけか？」

ややあって、答えた。

「かもしれない」

また間があった。再び静かな口調で社長が言った。

「ずいぶんとしおらしいじゃねえか。さっきも月がどう、とか似合わないこと言ってよ。え？　そんなタマだったか、おまえ」

普段なら何か返していただろうが、何も言わなかった。むこうもすぐに続けた。

「いま思い出したよ。おまえが運び屋をやるって言ったときに、俺はわかりきっていて言っても仕方のねえことを一応、おまえに言った。いいことなんて一つもねえぞってな。言ってから阿呆らしくなったくらいだ。俺は何をくだらねえことを真面目腐って吐いてるんだってな、覚えているか」

「覚えてる」

「そしたらおまえはこう言った、自分は運び屋になるために生まれてきた、ってな。どうだ、こっちも覚えているか」

覚えていた。なぜかそのとき、そんなくだらない台詞が口をついて出た。

「言うじゃねえかこいつ、とそのとき思ったよ。だが俺の記憶違いだったみたいだな、そんなやつはいなかった」

気づくと、また唇をきつく結んでいた。

「じゃあな、これからはお空の上で雲にでも乗ってろ」

「さっき、なんて言った？」

「あ？」

「さっき。野垂れ死ぬ、の前」

「なに言ってんだ、そんなもん覚えてねえよ――ああ、思い出した。おまえはとんでもねえ馬鹿だって言った」

「それじゃない」

「なんなんだ」

「でもそう。私は馬鹿だ」

「だからそう言ってんだろ」

「でも、まだツキはある」

「またそれか。さっきから月がなんだって――」

「そっちじゃない」

切った。

携帯電話を置き、空を見上げた。

自分は運び屋になるために生まれてきた。

本気でそんなことを思っていたわけじゃなかった。ただ何時《いつ》からか、そう思うことで不幸かもしれない自分の生い立ちを僅かなりとも肯定できることに気づいただけだ。

そして何時からか、本気でそう思うのも悪くないかもしれない、と思うようになった。
風子はしばらく空を見上げていた。それから見上げるのをやめた。
空には、道はなかった。

18

白い息を吐いて地面を這って進みながら、己の馬鹿さ加減を呪った。

本当に馬鹿だ。

どうしてもっと早く、そのことに気がつかなかったのだろう？

無駄に終わるかもしれない。

でもやってみる価値はある。

そして、やれることはもうそれしかないだろう。

風子は匍匐《ほふく》前進の要領で両肘を交互に前に出し、身体を引きずりながら少しずつ来た道を戻った。

服越しでも地面は冷たく、小石や砂利が皮膚を圧迫し、刺された太ももの傷が地面と擦れて刺すように痛んだ。

歯を食いしばり、地面三十センチの高さの視界を睨みながら、文字どおり牛歩の速度で進んだ。こうしている間に、いつ信者たちがやってくるかわからなかった。速度を上げたかったが、逸る気持ちとは裏腹に芯まで蓄積された疲労のために身体が言うことを聞かなかった。

百五十メートルほどそうして、ようやく目的の場所が視界に現れた。鉛のように重たい身体を動かしながらなんとか辿り着き、右端の車両に近づいていって腕を伸ばしドアの把手を摑むと、気力を振り絞って身体を起こした。それから身体をドアにもたせかけたまま、途中で拾ったソフトボール大の石で窓ガラスを叩きつけた。

何度かそれを続け、手が入る幅の穴が開くと、腕を差し入れてロックを外した。それからドアを開け、ハンドルとシートを摑んで身体を持ち上げ、座席に腰を落とした。

ここからだ、と風子は思った。ここまではなんとかなると思っていた。

風子は起動ボタンを押した。エンジンは始動しなかった。

センターコンソールの収納を開けた。中にはサングラスや携帯電話の充電器、ボールペンなどが入っていたが、目当てのものはなかった。それからドアポケットを探ってみた。小さなタオルとポケットティッシュがあるだけだった。続けてサンバイザーを下ろしてみた。期待してはいなかったが、やはりなかった。

嫌な感触が心中を満たした。残りはグローブボックスだけと言ってよかった。他にありそうな場所は考えにくい。もしそれが駄目でももう一台あるが、この車両に無いのであればむこうも同じように無い可能性が高かった。

フロントガラスの遥か上空に月が見えた。ふと、人智を超えた力を感じた。風子は柄にもなくそれに祈った。それから身体を助手席に伸ばし、グローブボックスを開けた。

祈りは、届かなかった。

——うっすらと、先に、たしかに見えた。

風子は速度を上げた。音に気づいたのだろう。むこうが立ち止まって、振り返った。

追いつくと、風子は車を止めた。

「乗って」

開いた窓の向こうから志麻は呆けたように風子を見つめ、それからすぐに助手席に乗り込んだ。ドアが閉まると風子は車を発進させた。

志麻は困惑の表情で黙ったまま、しばし運転する風子の姿を見ていた。

戸惑いを含んだその視線を横顔に感じながら、風子はステアリングに取り付けられた『ノブ』を右手で摑み、センターコンソールに配置された『コントロールグリップ』に左手を置いた。

障害者用の〝手動運転補助装置〟。

旋回する『ノブ』はステアリングと連動していて片手でハンドル操作ができ、『コントロールグリップ』はシフトレバーを大きくしたような造りで、奥に押すと自動でブレーキペダルが作動し、手前に引くとアクセルペダルが作動する。今の風子のように両足が使えなくても、手だけで運転が可能だった。

風子はコントロールグリップを引いた。アクセルペダルが自動で押し込まれ、速度が上がっていく。両脇に並んだ樹木が勢いよく後ろに流れていった。

「これは……？」志麻がようやく口を開いた。

「福祉車両。手動運転補助装置が取り付けられているから、手だけで運転ができる」

「途中にあった車？」

風子は頷いた。

「あんたが行ったあと、思い出したの。四台のうち二台は、肢体不自由者が運転する車のマークが貼られてあったから、もしかしたらって思った」

「でも鍵は？」

「スペアキーが車内にあった。起動ボタンを押してもエンジンがかからなかったから駄目かもしれないと思ったけど、シートのわきに手製の袋が取り付けてあって、その中にメカニカルキーが入ってた」

さっき、昔の話をしたからかもしれない。鍵がグローブボックスに無くて諦めかけたとき、タツヒコの顔が浮かんだ。いつも同じ車を使っていたタツヒコは、運転席の下に袋を貼り付けて、そこに他人名義の携帯電話や偽造ナンバープレートなんかを隠し込んでいた。そのことを思い出した。

「メカニカルキー？」志麻が聞いてきた。

「いわゆる鍵穴に差し込む普通の鍵。電子キーの場合は、車内に鍵があれば起動ボタンを押すだけで電波でエンジンがかかるから」

左カーブが現れた。風子は左手でグリップを押してブレーキをかけ、右手でノブを左に回してカーブを曲がった。

「車内にスペアキーがある僅かな可能性に賭けたということ？」

「賭けたのはそうだけど、〝僅か〟とは思ってなかった。車椅子なんかの障害者ドライバーは、万一のために車内にスペアキーを置いておくことが多いって聞いたことがあった。車に乗ってから鍵を外に落としたりしたときに、そこが側溝だったりすると拾えなくなることがあるから」

それでもツキがあったということだろう。スペアキーが車内に置かれていない可能性のほうが高かったわけだし、そもそも今夜、満月に近い月がこんなにはっきりと出ていなければ、月明かりに照らされた〝四つ葉のクローバー〟だって目には留まらなかったかもしれない。そして、社長が「車椅子」という言葉を出さなかったら、それを思い出すことすらなかったかもしれないのだから。

志麻は得心したように小さく頷いた。

「運転の仕方は？　経験があったの」

風子は首を振った。「前に、ネット動画で見たことがあった」

道が少しずつ下り坂になっていった。風子はグリップを押して速度を落とし、走った。ミラーに、追ってくる車の姿が映ることはなかった。緊張した面持ちでずっとサイドミラーに顔を向けていた志麻もようやく目を離し、前方に目をやった。

あとは抜けられるかどうかだった。裏門が残されているのかもわからない。志麻も同じことを考えているようで、祈るような目でじっと前方を見据えていた。

悪路を走り続けるうちに、周囲の風景が徐々に変化していった。林立する樹木の種類や大きさ、量が変わって、少しずつ見通しが良くなってきた。

知ってる、と風子は思った。

次が右、しばらく左、それから――。

右カーブが現れた。風子はノブを時計回りに回した。曲がると、緩やかに道が左に向かっていった。それを進んだ。それからもう一度右カーブが現れた。

それを、曲がった。

「門」

志麻が声を上げた。百メートルほど先に、それはあった。風子は思わず速度を上げた。それからすぐにブレーキをかけ、車を停めた。

赤茶色に錆びて表面が剝がれ落ちた小さな鉄門は、記憶とまったく変わっていなかった。あのときの風子と同じようにして、志麻がすぐに車から降りて門を開け、戻ってきた。風子はグリップを引いてゆっくりと車を発進させた。車体が門の外に出ると、志麻が声にならない声を小さく上げた。

風子は大きく息をついた。変わらずあたりは深い闇に覆われていた。

だが、樹と樹の隙間に、暁《あかつき》の訪れを告げるオレンジ色の膜がうっすら浮かんで見えた。

19

裏門を抜け、山道を走ってしばらくすると諏訪大社上社本宮の手前あたりの小道に出た。教団の敷地は東西に細長く、裏門が残されていた西端が茅野と諏訪の市境をまたぐようにして山間に所在していたようだった。

社を左手に通り過ぎ、高速道路と並走するように下道を進んで諏訪湖へと向かった。極誠会のおかげというべきか、警察の姿はまったくなかった。そうしてくれた当人たちは今ごろ当惑しているだろう。行き止まって引き返してくると待ち構えていた風子たちがいつまで経っても戻ってこないから様子を見に向かったはずだ。そして、山深い森の中でけたたましく警報が鳴り響く教団の敷地の前で立ち往生し、困惑を抱えたまま為す術もなく引き返したことだろう。

途中、仁に二度電話をした。呼び出し音は続いたが、仁は出なかった。どんな状況にいるのかはまったくわからなかった。今も応戦しているのか、あるいは捕らえられたのか、最悪の事態だってないとは言い切れなかった。電話を諦め、敷地を抜けたことをメッセージで入れておいた。

諏訪湖のほとりまで近づくと道を折れ、湖岸に沿って北東に向かった。湖は長方形に近い形をしており、その角に位置する湖畔の公園で車を停めた。

時刻はあと少しで五時四十五分になるというところだった。ぎりぎり、間に合った。風子は息をついた。

夜闇は黒から濃い青に変わり、あたりには夜明けの気配が漂っていた。湖面が刻一刻と変わる空の表情を映し出し、小さな波を絶え間なく岸に打ち寄せていた。

志麻が封筒を取り出した。「今度は受け取れるわね？」

「荷物は本当に無事なの？」

風子はずっと気になっていたことを聞いた。志麻は大丈夫と言ったが、車が横転したとき、薬が入ったケースにも大きな衝撃が加わったはずだった。

志麻は黙って助手席の足元に置かれたケースを開けた。容器が割れてひっくり返り、黄緑色の液体がケースの底にこぼれていた。

風子は言葉を失った。

「あのときは願いも込めてああ言ったけど、覚悟はしてた。あれだけの衝撃だもの、こうなるわ」

志麻が静かに言い、封筒を差し出してきた。風子は自身への苛立ちとともに、首を振った。

「受け取れない」

「データがあればまた原薬を精製できる。もちろん多くの時間とお金はかかるけど」

「依頼を完了したとは言えない」

「〝ＭＡＲＩＡ〟を運ぶことができなかったから？」

風子が頷くと、志麻が、感情の汲み取れない不思議な微笑みを口元に浮かべた。

それから封筒をダッシュボードの上に置くと、ボストンバッグを手にして車を降り、湖に向かってゆっくりと歩いていった。そして立ち止まり、振り返った。

「いいえ――たしかに依頼は完了した」

「こぼれていないのがあったの？」風子も時間をかけて車から降り、ドアに寄り掛かって尋ねた。

志麻が首を振って、自らの腕にそっと手をやった。

「それより前に、〝MARIA〟をこの身体に投与していたのよ」

驚いて、呼吸が一瞬止まった。

それでも、いつ――と疑問の言葉が口から出ようとした瞬間、風子は気がついた。

「清水のパーキング？」トイレに向かうとき、志麻はポーチを手に持っていた。

志麻が頷いた。

「私だって、あそこで車を降りて人目に晒されることがリスクであることくらい承知していたし、できればやりたくなかった。でも仕方なかったの、あなたたちに知られずに注射剤を投与するためには嘘をついてでもああするしかなかった」

「どうして、知られないようにしたの」

「積み荷の改変は不可と契約にあったから、使用する行為に対してあなたたちがどんな対応を見せるのか判断がつかなかった」

「沼津で一人になったときもできたはず」

「あの時点ではまだ決心がついていなかった。人体への投与は経験がなかったから」

「最初からそのつもりだったの？」

志麻が首を振った。

「何事もなく辿り着けそうならそうするつもりはなかった。何かしらトラブルが生じて、薬を手放さなければならないときに講じる最後の手段のつもりだった。心を決めたのは、あなたたちに〝ＭＡＲＩＡ〟のことを打ち明けてからよ。暴力団が奪おうとしていることも知って、それが踏ん切りになった」

志麻が言い、こちらに背を向けて湖を眺めた。青からオレンジの空のグラデーションはさらに明瞭になり、湖面でその色調を逆にしていた。

「でもそうしてよかった――いまはっきりとそう思う。目的地がこの場所だったことも含めて」

湖に身体を向けたまま、志麻が喋った。

「諏訪とユダヤの所縁《ゆかり》について話したでしょ？――この諏訪湖はね、冬になると湖面が凍結して、割れた亀裂が道のようになる〝御神渡り〟と呼ばれる現象が起こるの。それを目にした古代ユダヤ人たちは、否が応でも〈モーセの海割り〉のエピソードを想起したんじゃないかと私は思ってる。それから、マリアが聖霊から受胎告知を受けたとされるナザレの街に近い、キリストが伝道を始めた地でもある『ガリラヤ湖』にこの湖はどこか似ている。二つとも断層運動によって生まれた湖だから似ていて当たり前なのかもしれないけど、そんな地学的な知識を持たなかった古代ユダヤ人からしたら、はるか異郷の地で目の当たりにした様々な類似や神秘性が、彼らに啓示や導きのようなものを与えたとしてもおかしくはない」

志麻がひとつ息をついて、続けた。

「私もそう――財団からこの地を指定されて、聖母マリアやイエス・キリストとの縁に思いを巡らせたとき、大袈裟だけど天啓じみたものを感じたの――〝MARIA〟を自らに投与することを思い立ったのもそのときだった。ありていに言えば、これは運命かもしれないって思った」

志麻が小さく微笑み、言った。

「馬鹿げていると思っているのでしょう？――でもね、私はあなたと違って凡人なのよ、運び屋さん」

それから志麻がわずかに顔を上に向け、目を閉じてしばらくそうしていてから、戻した。

「あなたには感謝している――ここまで私を連れてきてくれて」

風子はしばし黙っていたあと、言った。

「ひとつだけ聞いてもいい？」

「なにかしら」

「お母さんを殺したの？」

時間が止まったように感じた。湖岸に打ち寄せていた波も吹いていた風も消え失せ、音もどこかに行って、太陽もその動きを止めたようだった。

ややあって、志麻が静かな声で口を開いた。

「……私が、私の母親を殺したと、あなたは言っているの？」

「そう」

「どうしてそう思うの？」

「いくつかあるけど」

「言ってみて」

風子はひとつ息をつき、喋った。

「その手の傷。あんたは転んだときにできたものだと言ったけど、私はそれにしては変だと思った。両手ともほとんど同じような形だったし。でもそのときは別に気にしてなかった。でも段々気になっていった。傷の話をしてから、あんたが私にその傷を見せないようにしていたのがわかったから。なんでそんなことするんだろうって。そのあと報道であんたの母親が自殺を図ったことを知ったけど、でもそれで疑ったわけじゃなかった。疑念みたいなものを持ち始めたのは、そのあとだった」

「あと？」

「だって、あんたは自分の母親が自殺を図ったことを知ってから、母親がどうなったのか一度も聞いてこなかった。あんたが見た記事には、自宅で首を括った状態で見つかって病院に搬送されたという内容があっただけで、生死については書かれてなかった。普通は容体を何度も聞いてくるものなんじゃないの？　あんたは携帯電話の電源を切っていてネットを見られないから自分で確認できないわけだし。だから、私はいつ聞かれるだろうってずっと思ってた。聞かれたら答えないわけにはいかないから。死んだことを知りたくなくて聞いてこないのかもしれないとも思っていたけど、長野に入る手前で、あんたがおかしなことを言った」

「おかしなこと？」志麻が怪訝そうに顔をしかめた。

「私の腕時計を見て、親の話をしたでしょ？　不思議に思った。親がどうなったか知りたくないのだとしたら、なんでわざわざ自分からそんな話をするんだろうって。それで、もしかしてあんたは知りたくないから聞いてこないんじゃなくて、そもそも知ろうとしていない、気にかけていないんじゃないかって思ったの。でも、そんなことあるんだろうかって思った。だって、母親が自殺を図ったことを知ったとき、あんたは悲しんでいるように見えたから。それでふと思ったの、もしかしてあれは演技だったんじゃないかって。もしそうなら、なんで演技なんてしたんだろうって——〝まさか〟ってなったのはそのとき。同時に、死ぬのに使われたっていう洗濯ロープとその傷がふっ、て頭の中で合わさったの。それで湯河原に電話した。そしたら先生もあんたの手の傷は転んで手をついてできた傷のようには見えなかったって言ってた。たしかに、細い紐をきつく握って皮膚と擦れたためにできた擦過傷のほうが納得がいくって」

「確認までしていたのね——」志麻が呟くように言った。「話はよくわかったわ」

「まだある」風子が言った。志麻がこっちを見た。

「今回の計画の急な日程変更。一緒にはできないだろうけど、私たちの世界でも相手がいる取引の段取りを急に変えたりって、立場とか交渉を不利にするからまずしない。遅れるのもそうだから運び屋も時間厳守だし。だからどうしてか聞いたの。そしたらあんたは取引相手の都合と言ったけど、事前に練った犯行計画の日取りを突然変更するなんてやっぱり変だと思った。失敗する危険だって格段に高くなる。だから、何かしらよっぽどどうにもならない事情ができたんだろうって思ってた」

「それで？」

風子は続けた。

「覚えてる？　仁があんたに五時に相手と待ち合わせなのかって聞いたとき、六時と訂正してからあんたはこう言った、『これで私のほうが遅れるわけにはいかないから』って。違和感を感じたから私ははっきりと覚えてる。あんたはたしかにそう言った」

「それが？」

「これで私のほうが遅れるわけにはいかないって、予定を変更したほうが使いそうな言葉じゃない？　その取引相手が言うならわかるけど、あんたが言うのは違和感があった。別に気にするようなことでもないかもしれないけど、あんたが殺したのかもしれないって考えが頭に生まれてからそのことを思い出したの。それで思った、急に予定を変更したのはあんたのほうだったんじゃないかって。だから無意識にそんな言葉が出たのかもしれないって——その、どうにもならない事情は、あんたが母親を殺したことなんじゃないかって」

喋り終えた。志麻はしばらく目を伏せていたあと、静かに顔を上げて言った。

「今度は私が聞いてもいい？」

風子は頷いた。

「あなたは私のことをずっとそんなふうに思っていて、それでもあれほどまでしてここへ来たの？」

「それが私の仕事だから」

志麻が小さく口を開けて風子を見つめ、それからおかしそうに肩を揺らせて笑った。

そして言った。

「あなたの雇い主が、あなたのことを特別だと言った本当の意味がわかった気がするわ——」

志麻がもう一度顔を伏せ、やがてゆっくりと上げた。

「だから言ったでしょう？——地獄に堕ちる覚悟はできているって」

20

志麻が大きく息を吐いた。それで世界が再び動き出した。静かに波が打ち寄せ、柔らかい風が風子の冷え切った頰を撫でた。湖を囲む稜線上に、一筋の明るい光が覗いた。

「オイディプスの悲劇を知ってる？」

志麻が言った。風子は首を振った。

「ギリシア神話の一つよ。神託に背いて生まれたオイディプスは生まれながらにして呪われ、そうとは知らずに自らの父を殺し、母と姦通してしまう。フロイトが提唱したエディプスコンプレックスの元でもある」

何を言いたいのかわからず黙っていると、志麻が続けた。

「オイディプスは男だし、エディプスコンプレックスは男性だけにある精神葛藤だと言われているけど、これが女だとどうなるのかしら？　つまり、自らの父と交わり、母をその手にかけてしまった場合は？」

風子は志麻を見た。志麻がわずかに目を逸らし、また話を始めた。

「最初に父からそういった形の暴力を受けたのは九歳のときだった。最初はよくわからなかった。ただ、これは良くないものだとはっきりと感じたわ。でも誰にも言えなかった、家族にも友人にも教師にもね。それが高校に入るまで続いた」

　そこで志麻はひとつ大きく息をつき、風で乱れた髪を耳の上でかき上げた。

「いつからかそのことを母は知っていた。それは間違いない。一度もその話をしたことはないけどね。でも何もしてはくれなかった。母はね、体面を何よりも気にする人間なの。周りからどう見られているかとか、思われているかとか、そんなことばかりが頭の中で優先されるの。それは激しい自尊心の強さの裏返しだと私は思っているけど。だから自分の家庭で起こったそんなあるまじき愚行が世間に知られるなんてことは、彼女の価値観からしてみれば決してあってはならないことなのよ。そもそも自らの夫が実の娘にそんな真似をしていたこと自体、彼女は認めるわけにはいかないの。この自分が選んだ男がそんな人間であったなんて、彼女の自尊心が絶対に許さないのよ。だから、たとえ愛する娘が想像を絶する苦しみを抱え続けているとしても、自らの精神と人生を保つためには見て見ぬ振り、いえ、その事実を無いものと信じるしかないというわけ」

　そこで志麻はまた息をついた。話をしている間は呼吸をすることも忘れてしまい、一段落するとそれを思い出して間に合わせるといった感じだった。

「私が研究者の道を志したのは、血に拠るものもあると思う。父は公務員だけど、元々は数学者になることを夢描いていたようだから。生命や生物としての人間に興味を持つようになったのはなぜかしらね？　あるいは私の特殊な経験が影響しているのかもしれないけど、自分ではわからないわ。でもどのような要因にしろ私は科学者になって、何の因果か〝MARIA〟を創り出した——不思議な巡りを感じたわ——〝性〟というものに苦しめられてきた私が、それを超越するような成果を生み出したのだから――でも、そんな過去があろうがなかろうが、私が男だったとしても、まったく同じことをしたでしょうね、〝MARIA〟を完成させるべく全身全霊で研究を前進させた。それは間違いない」

志麻は再び言葉を切り、静かに息を継いで、続けた。

「――〝MARIA〟が政府の手に渡ってしまうことを知って私は悩んだ末、犯行を決意した。そして様々な準備を整えて一昨日の夜、それを話すために実家を訪ねたの。私はもう日本に戻れないだろうし、おそらく今生の別れになるから。打ち明けるかどうかは寸前まで迷ったわ。でも、私のせいで彼らの生活も一変させてしまうわけだから、自分で伝えることがせめてもの責務じゃないかって思った。そうしたのは、罪や嫌なことからずっと目を背けて無いものとしてきた二人への根深い反発みたいなものもあったかもしれないけど――父は帰っていなかったから、母にまず話した。予想したとおり、彼女は大きく取り乱したわ。当然よね、自分の娘が犯罪者になって国外に逃亡しようとしてるんだから。母のパーソナリティからしても、もう人生最大のパニックだったと思う。何度も思い直すよう言われた、泣きながらね。でも私の決心は変わらなかった。それで帰ろうとしたの。でも帰ろうとする私を母は必死に止めたわ、半狂乱になりながら。そしてとうとう、研究所にすべて打ち明けると言い出した。今度は私がやめてと懇願した。でもやめようとはしなかった。電話を持って、本当にかけようとした。気づいたら近くにあった洗濯ロープで母の首を絞めてたわ」

そう言い、志麻が自分の両手に目を落とした。風子からもうっすらと、細い線のようなその傷跡が見えた。

「あなたたちに言ったとおりなのよ――私にはね、研究しかないの。小さい頃から大切なものを奪われて、それを見過ごされてきた。異性や恋愛への忌避感もあって仕事だけに生きてきたのも偽りなく事実。もしも〝MARIA〟まで奪われたら、私には何も無くなる。私の人生はゼロになってしまう。私はなんのために生まれてきたの？　私の人生を返してってずっと思って生きてきたわ。だから電話を手にして画面を操作している母の背中を見ながら頭の中ではぐるぐる言葉が巡ってた――これ以上私から奪わないで、勝手に産んでおいて一体なんの権利があるの、もう何も奪わないで、私を殺さないで、私を、私を――」

「もういいよ」

風子が言った。でも志麻はかすかに微笑んだだけで、やめなかった。

「居間に座り込んでいたら、父が帰ってきた。九時過ぎだった。すぐにすべてを話した。もう決めていたの、どうするか。話して、一緒に自殺に見せかけるよう言った。脅迫するみたいにね、そうしなければあなたが私にしてきたことも全部公にするって。父にあんな態度を取ったのは初めてだったわ。彼、怯えたように何から何まで言うとおりにした。結局弱い人なのよ。自分が一番かわいいの。それから私は急いで財団と、運び屋を紹介してくれた業者に連絡して日程を変更できないか頼んだ。難色を示したけど、財団は今日の六時なら、となんとか調整してくれた。問題は運び屋のほうだった。でもようやく見つかったと連絡があって、私は荷物をまとめて、そして研究所に行って薬とデータを持ち出した。そしてあなたと会い、出発した――

――途中で記事のことを知らされたとき、正直ほっとしたわ。あなたたちが言ってくるのをずっと待っていたから。父が警察にちゃんと嘘をついたかどうかも、その時点までは確信できていなかったしね——でも脇が甘かったわね、たしかに生死については書かれていなかった。疑念を抱かれないためにはあなたたちに報道の続きを確認しないといけない、なんて頭にまったくなかったわ。だって私は彼女が死んだことを当然のように知っていたから」

志麻が憂いを湛えた目で、風子を見た。

「でもね、あなたはひとつだけ誤解している。母のことで悲しんでいたのは本当なのよ。もちろん演技をしなくちゃと思っていたのはあるけど、記事をこの目で読んだとき、本当につらくなった。自分でそうしたくせにね。もしかしたら、逆に悲しくないふりをしたほうがよかったのかもしれない。それはそれであなたたちは訝しんだろうけど、親との関係は希薄だったと正直に話せばよかった。そしたら、あなたに疑われることもなかったかもね——でも一緒にいる間、家の話をすることはできなかった。育ての親を慕っていたようだったあなたに、私が抱えたこんな過去だけは知られたくなかったから」

そこまで喋ると、志麻はこれまでで一番大きく息をついた。

「……これがすべてよ……どうかな？　まだある気がするけど、もうわからないわ——色々なことがありすぎて」

「もういい」

風子はもう一度言った。また志麻が微笑み、今度は本当に黙った。

ちょうどそのときだった。山々の上に、くっきりと白い光の塊が現れた。それが志麻の身体を照らし、包み込んだ。

志麻は身体いっぱいにその穢《けが》れのない光を取り込むようにして両手を広げ、空に顔を向けた。

純白の光を全身に浴びたその姿はどこかの神殿に祀られた彫像のようだった。

「ああ――不思議な気分……まるで生まれ変わったみたい――聖霊から告知を受けたマリアもこんな感覚だったのかしら？」

志麻がそっと目を開け、風子をまっすぐ見つめ、それから自らの下腹部に手を当てて言った。

「これで私の言ったことがわかったでしょう？　たしかに依頼は完了したって――あなたは、マ、リ、ア、を運んだ」

光を身に纏った志麻が続けた。

「あとは私が懐胎することを祈るだけ――聖母は神の子をこの世界にもたらしたけど、罪を負い、呪われた私から生まれてくるものは一体なにかしら？　希望？　絶望？」

志麻が自分自身に問いかけるようにそう言ったとき、北の方角からこちらへ向かってくる車両の姿が小さく見えた。志麻が腕時計に目をやった。風子もそうした。ちょうど六時だった。

車は少しずつこちらに近づいてきて、ゆっくりと減速し、風子と志麻から数メートル先で向きを変えて音もなく停まった。湖水と同じような青灰色の、新興メーカーの電気自動車だった。車からは誰も降りてこなかった。後ろ向きに停車したので、どんな人間が乗っているのかもわからなかった。

志麻がバッグを手に持ってそちらに向かってゆっくりと歩いていった。車のそばまで来ると、後部座席のドアが開いた。ドアに手をかけ、志麻がこちらを向いた。

「あなたを見ていると、人間らしいとは何かわからなくなってくる――でもどうしてか、生まれてくるかもしれない子には、あなたのように生きてほしい気がするわ」

「そんなことより、この世界に来たことを後悔しないようにしてあげたら?」

風子が言うと、志麻が小さく微笑んだ。それから車に乗り込んだ。ドアが閉まり、車がもと来た方向へと静かに走り去った。

現れてからいなくなるまで三分と経っていなかった。姿が見えなくなり、微かな走行音が聞こえなくなってからも風子はしばらくそちらを見つめていた。なぜだか現実にあったこととは思えなかった。

我に返ると風子は携帯を取り出した。メッセージが入っていた。仁からだった。

〈やり切ったか〉

少し考え、〈たぶん〉と打ち込み、思い直してまた打ち直した。

〈そうだといい〉

風子は車に乗り込み、座席に座った。フロントガラスの向こうで、顔を出したばかりの太陽が鏡みたいな湖面をきらきらと輝かせていた。この仕事をしていると、時折こんなものに出会う。それは嫌いじゃなかった。

仁も教団の敷地を抜け出したということだった。どこで落ち合ったらいいか送ろうとしたとき、電話がかかってきた。社長からだった。

「空の上か?」

社長の声が届いた。

風子は顔を上げた。無垢な光が、風子を照らした。

「下」

と、風子は言った。

第14回アガサ・クリスティー賞選評

アガサ・クリスティー賞は、「ミステリの女王」の伝統を現代に受け継ぐ新たな才能の発掘と育成を目的とし、英国アガサ・クリスティー社の公認を受けた世界最初で唯一のミステリ賞です。

二度の選考を経て、二〇二四年八月六日、最終選考会が、鴻巣友季子氏、杉江松恋氏、法月綸太郎氏、ミステリマガジン編集長・清水直樹の四名によって行われました。討議の結果、最終候補作四作の中から、睦月準也氏の『マリアを運べ』が受賞作に決定しました。

大賞受賞者には正賞としてクリスティーにちなんだ賞牌と副賞一〇〇万円が贈られます。

大　賞

『マリアを運べ』睦月準也《むつきじゅんや》

最終候補作

『ＤＩＶＥ　青き闇の温もり』根本起男

『踊るメサイア―The Adventure of the Dancing Messiah―』中島礼心

『「ゲルニカ」一九三七年』伊達俊介

選評　鴻巣友季子

今年もレベルの高い作品が揃いました。大きな傾向として、二作が名画と美術の真贋をめぐる外国を（も）舞台にした作品であり、もう二作が画期的新薬となる物質と人間の生命操作をめぐる作品であったことは、アガサ・クリスティー賞らしいと言えるかもしれません。

根本起男『**DIVE　青き闇の温もり**』。作者は二〇二一年の本賞でも最終候補になっていますが、人物造形、構成の点で格段の向上が感じられました。

今世紀初頭と現在のタイムラインを行き来しながら、水難事故で一命をとりとめた深海探査船のパイロットに待ち受ける困難と、中国残留孤児の男性とその家族の物語が交錯していく。超ポジティヴ思考の助っ人役（引退した元商社経営者）という役どころは、とぼけた妙味を出しており、高齢化社会における老人キャラの新しい活躍どころの可能性を感じさせました。ただ、これだけの大陰謀と裏切りに巻きこまれたにしては、主人公の感情面が平坦すぎる気はしました。また、テロメアを再生する物質を描くにあたっては、生命倫理のさらなる考察が期待されます。

大賞に決まった睦月準也『**マリアを運べ**』は疾走する輸送ミステリで、フォーカスを絞ったシャープな書きぶりが評価されました。ＭＡＲＩＡというバイオ医薬とその研究データを、十七歳の無免許の女運び屋が、警察、ヤクザ、カルト教団などの追手を振り切って目的地に運ぶというシンプルな筋書きですが、飽かせず読ませる力量に感心しました。

ＭＡＲＩＡは人間の出生に革新をもたらす新薬で、人口減少に朗報とされますが、終盤で急に女性研究者の性被害のトラウマを絡めてきた点には一考を促したいと思います。『ＤＩＶＥ』もですが、パンドラの箱と言われる人間の生老病死の人工操作を書くにあたっては、作中で行き届いた議論、その前に書き手のなかで充分な内省と思索をお願いします。

伊達俊介**『「ゲルニカ」一九三七年』**。パリを舞台にピカソを探偵役、ピカソを撮影してきた写真家のブラッサイをワトソン役にした設定が秀逸。ただ、各人物の容貌の描写が類型的で、それは性格の造形にも及んでいるように思いました。写真家ならではの目の付け所や描写がほしいところです。

中島礼心**『踊るメサイア』**。絵画の盗難劇ですが、犯人グループが早くに壊滅させられた後にトーンダウンを感じました。素材はダイナミックですが、小説の書法がダイナミズムに欠けている点が惜しまれました。

選評

杉江松恋

本年から選考に加わりました。よろしくお願いします。

今回の選考は二作のどちらかが本命と考えて臨んだ。

その一つ、『**マリアを運べ**』は、人と荷物を預かった走り屋がそれを送り届けるというミッション型の冒険小説である。『深夜プラス1』を思わせる設定でおもしろい。

大きな弱点は、運転手を未成年の少女にしたことだ。偽造免許証を持っているが、そんな無茶をさせなくても組織は成人を使えばいいいだけの話である。なぜ未成年なのか。作者がそうしたいからだ、としか説明がつかない。ご都合主義だと思ったが、娯楽小説の長所を考慮して加点主義で授賞が決まった。もう一つ、物語の後半でオカルト的言説が展開されるのと、物語にちらつく時代遅れの偏見には閉口させられた。娯楽小説といえども看過できない箇所である。この点の改稿が授賞の条件とお考えいただきたい。

『**DIVE　青き闇の温もり**』は妻が外国のスリーパー工作員だと判明した男の話である。主人公が自宅に戻れず、妻の動向を隣のマンションから監視するという展開がおもしろい。これは変形のコキュ（寝取られ亭主）小説ではないか。このまま行けば他にない読み味の物語になると期待したのだが、クライマックスが月並みでがっかりした。洋上の活劇なのだが、場面が目に浮かんでこないのである。マンションから出なければよかったのに。スパイの妻のキャラクターもよく余韻が残るので、残念である。

『「ゲルニカ」一九三七年』はパブロ・ピカソを探偵役とする作品で、犯人当てとしては工夫があるのだが、途中のミステリ談義が取って付けた感じでいただけなかった。最大の欠点は「ゲルニカ」をモチーフに使いながら、解釈のおもしろさがないことで、名作の無駄遣いである。本作が美術ミステリと認められるためには、「ゲルニカ」に美術品としての新たな価値を付与するくらいの独創的な視点が必要になる。単にミステリの小道具として消費してしまうには、あまりにももったいない題材ではないか。

『踊るメサイア』には美点が見いだせなかった。作者は、自分の専門については喜々として語るが、それ以外は通り一遍にしか書けない。外国の情景など観光ガイドブックの引き写しのようである。状況が動きではなく会話で説明されるのも退屈だ。他人に読んでもらうための努力を。

選評　法月綸太郎

『ゲルニカ』一九三七年』は第二次大戦前夜のパリで、ピカソが連続殺人に巻き込まれる歴史本格ミステリ。スマートな設定と正攻法の謎解きに好感を抱くも、小説としての厚みに欠けるのが難。そのせいで犯人が悪目立ちしているし、美術史とのカラミも物足りない。ブラッサイをワトソン役に起用するなら、画家と写真家の「眼」の違いを観察と推理に反映させる工夫をしてほしかった。

ダ・ヴィンチの名画に材を取った『**踊るメサイア**』は、盛り沢山のディテールにムラがありすぎ、物語が空中分解している。作者目線で書きづらいところ（偽装工作の急所を含む）を全部スキップしたため、読む側が置いてけぼりを食わされた感じ。人物とプロット構成のバランスを練り直した方がよいと思う。

『**DIVE　青き闇の温もり**』は深海探査艇の操縦士が「隣の密室」に潜伏する変化球設定が絶妙で、水戸黄門的な協力者を始め、ご都合主義を逆手に取った展開がかえって新鮮だった。終盤の超展開はやや飛ばしすぎなところがあるものの、SF的モチーフの危うさを自覚しつつ、物語の外堀を埋める努力を怠らなかった点を評価したい。作者は第11回の『プラチナ・ウイッチ』以来の最終候補入りで、ネタを詰め込みすぎて平板になってしまった前作よりエンタメ小説として格段の進歩を遂げている。総合点ではこれがトップで、選考会に臨むまでは大賞に推すつもりだったのだが……。

大賞受賞作『**マリアを運べ**』について、事前に付けた評点はけっして高くなかった。カーチェイス小説としての描写が淡泊で、登場人物が何を背負っているか今ひとつ伝わってこないし、バイオ考証の雑さも含め、全体に舌足らずな印象が強かったせいである。ところが選考会で議論を重ねるうちに、弱点と見なした欠落感こそ、この小説を貫く太い芯なのではないかと考えを改めるに至った。一八〇度評価が変わったのは、ドライな風通しのよさ&見切り発車の潔さみたいなスタイルを極めていけば、いずれ『悪党パーカー／人狩り』やJ・P・マンシェットのネオポラールのような境地に行き着くかも、という思いがよぎったからである。疵や粗が多いのも確かだが、そういう無茶振り的な期待と可能性（『DIVE』の作者に不足していたのはこれなのだ）を感じさせる新人として、『マリアを運べ』を大賞に推すことにする。

選評

清水直樹（ミステリマガジン編集長）

第十四回目のクリスティー賞は、選考委員が四人に戻り、最終候補に残った四作の選考を行った。

私が最高点を付けたのは、**『マリアを運べ』**で、とにかくエンタメに徹しているのがいい。ある人とモノをA地点からB地点へ期限内に運ぶというシンプルなストーリーを、スピード感満載で一気に書き上げた印象。主人公の設定が選考会で議論になったが、「一度通った道は記憶している」という特殊能力を持った天才ドライバーなら、無免許の十七歳の少女であってもいい、むしろその方がドライビングの天才であることに説得力があると思う。ハードボイルドを意識したそぎ落とされた文体も、類型的に見えるサブキャラも、読み手をストーリーに集中させることに貢献しているように思え、『TAXi』シリーズや『ミニミニ大作戦』といったコンパクトなカー・アクション映画を観終えたような読後感を与える。エンタメ度では過去の受賞作と比べても屈指で、大賞にふさわしい作品だと思う。

次点は、**『DIVE　青き闇の温もり』**。最終選考に残ったのは『プラチナ・ウイッチ』に続いて二回目の作者だが、前作よりも読者を意識した作品になっていると感じ、その点は高く評価した。魅力的な導入部から、一気に物語にひきこまれるリーダビリティの高い作品で、今年の候補作の中で小説として最も読ませる力があると感じた。また、中国残留孤児という社会的な問題を絡めて構成しているのも物語に厚みを持たせている。一方で、収まりが良すぎるというか、ウェルメイド過ぎるのが気になり、新人賞の受賞作として積極的に推せなかった。

『「ゲルニカ」一九三七年』は、第二次大戦前夜のパリを舞台にした歴史ミステリ。ピカソが探偵役、写真家のブラッサイがワトソン役というだけでワクワクするが、肝心の、タイトルとなっている大作「ゲルニカ」と、本作で描かれる事件との関連性が最後の付け足しのように思え、もっと深く書いてこそのこの題材ではないかという印象があり、物足りなさが残った。

『踊るメサイア』は、レオナルド・ダ・ヴィンチが描いたとされる絵画「サルバトール・ムンディ」の騒動をモデルにした作品。参考文献に上げられている、この絵画をめぐるドキュメンタリー映画との類似性が気になり、評価できなかった。

この物語はフィクションであり、実在する人物、団体などとは一切関係ありません。

本書は、第十四回アガサ・クリスティー賞受賞作『マリアを運べ』を単行本化にあたり加筆修正したものです。

マリアを運《はこ》べ

二〇二四年十二月 十 日　印刷
二〇二四年十二月十五日　発行

著　者　睦《む》月《つき》準《じゅん》也《や》

発行者　早　川　　浩

発行所　株式会社　早　川　書　房

郵便番号　一〇一 - 〇〇四六
東京都千代田区神田多町二ノ二
電話　〇三 - 三二五二 - 三一一一
振替　〇〇一六〇 - 三 - 四七七九九
https://www.hayakawa-online.co.jp
定価はカバーに表示してあります

印刷・株式会社精興社　製本・大口製本印刷株式会社

ISBN978-4-15-210382-6 C0093

乱丁・落丁本は小社制作部宛お送り下さい。
送料小社負担にてお取りかえいたします。

早川書房の単行本

第十二回アガサ・クリスティー賞大賞受賞作

そして、よみがえる世界。

西式 豊

46判並製

脊損の脳神経外科医の牧野は、医療テック企業役員の元指導医に依頼され、視覚を失った少女エリカへの視覚再建装置〈バーチャライト〉埋設を代理執刀する。脳内インプラント〈テレパス〉を用いたオペは成功したものの、彼女は黒い幻影に脅かされるようになる。